Viver é fictício

Viver é fictício
Mariana Portela

1ª edição
São Paulo, 2018

LARANJA ● ORIGINAL

Sumário

Prefácio
Viver a literatura – *Claudio Willer* 9

Do amor

Sobre o voar 17
Letra & música 21
Ensaio sobre o porvir 25
Perdão do amor demais 27
Museu dos amores perdidos 29
Amor inconcluso 33
Retrato de Magritte 37

Da Palavra & da Música

Erros de continuidade 43
Fragmentos sem passado 47
Escultor de nuvens 51
Delírio das assinaturas 55
Invólucro dos segredos 59
Casa da poesia 61
Presságio dos adeuses 65
Amor na estante 69
Ontológica ferida 73
Epifanias cadentes 75
Semeando constelações 79
Onde vivem os dons 83
Corrigindo a vida 87

O menino 91
Sobre cata-ventos 93
Apurar a pureza clandestina 95
Avessos 97
Aletheia 101
Quando as velas se apagam 105
Remanso 107
Ostracismo 111
A ladra 115

De Mim/ de Nós

Sem testemunhas 123
Alhures 127
Das alegrias inéditas 129
Ansiedades do amanhecer 131
Embriaguez dos despertares 133
Antes dos suspiros 137
Quase 141
Notívaga 145
Em doses homeopáticas 147
Quando fomos nuvens 149

Dos Mestres

Nascimento da eternidade 153
Carta a Pessoa 157
Onde os escuros são mais sábios 159
Viciada em inícios 163
O colecionador de saudades 167
Instruções para matar um fantasma 171
Clarice Lispector, minha 173

De Lá

Perdi meu amor em Lisboa 179
Reabi(li)tar a alma 183
A culpa da alegria 187
Tejo Bar: santuário das incompletudes 191
Às vésperas de mim 193
Curso de idiomas em Júpiter 197
Cortinas encarnadas 199
Alpendre da minha casa 203
Anuência 207

De Cá

Em algum lugar, o amor 213
432 HZ 217
Imobiliária poética 223

Posfácio
Anotações sobre uma lírica
intensa e filosofal – *Silvana Guimarães*
227

Viver a literatura

Claudio Willer

Querem uma definição de cronista? Dos cronistas realmente bons, daqueles excelentes? São autores que não se satisfazem com limites. Inclusive, com os limites entre os gêneros literários tradicionais, aqueles tidos como maiores: poesia, narrativa em prosa. Querem sempre ir além, escrever outra coisa. Viajar pela criação. Exemplar, sob este aspecto, é Paulo Mendes Campos: suas crônicas atropelam as definições de gêneros.

Por maior que seja sua evidência, por mais que se façam presentes no periodismo – ou talvez por isso, pela imprensa periódica ser ao mesmo tempo tão evidente e perecível – cronistas são marginais da literatura. Ou, quando se consagram em outros gêneros, as crônicas vão integrar a marginália de suas obras. Veja-se Drummond: foi preciso transcorrer uma geração de leitores para que se dessem conta do alcance do que publicava periodicamente.

Uma das crônicas deste *Viver é fictício*, sobre São Paulo, tem valor como metáfora: a autora visita os lugares "bons" da metrópole, mas nenhum a satisfaz. "Não amo lugar algum em São Paulo", declara. É impelida a mover-se, do Theatro Municipal à praça do Pôr do Sol, para acabar aportando à sua própria subjetividade: "O amor que eu tanto procurava não estava preso a lugar algum". É alguém no trânsito e perpetuamente em trânsito. A mesma relação que mantém com a escrita, bem evidenciado em "Semeando constelações": na terceira pessoa, encarna a declaração de Rimbaud, "O EU é um outro", ao apresentar uma protagonista no limiar da loucura – "Os meses seguintes foram levando a sua lucidez" – que promove a irrupção de incríveis imagens poéticas em seu relato: "as dores são pássaros ininterruptos do cantar".

Lisboa, onde tem residido, aparece como contraponto à ciclópica e desgastante São Paulo. Mas, justamente, por sua condição de mínima capital política e máxima capital literária, lugar onde se lê e se escreve tanto e tão bem, por tangenciar o impossível, por ser lugar de confusão do simbólico e do mundo das coisas, ou onde o simbólico toma a frente: "Há, pois, um lugar que transcendeu sua existência para atravessar as distâncias insuportáveis da poesia". O mundo cabe no Tejo Bar.

Um autor exemplar sob esse aspecto, da permanente inquietação, por ser tão atópico – e muito bem lido por Mariana Portela – é Julio Cortázar: sempre, ao estar em uma das modalidades ou gêneros, quer estar em outro. Ao relatar uma história, precisa das imagens poéticas; ao poetizar, adiciona imagens visuais; em alguns seus livros, a página é pouco, tem que permutá-las ou cortá-las; e, em qualquer um dos seus modos de expressar-se, conclama a música, gostaria que seus textos fossem sonoridades que, tarefa impossível, tenta traduzir em palavras. Por isso, celebrou tanto o jazz, gênero que, especialmente na vertente bop, mimetiza inflexões e entonações da língua falada – e seu expoente Charlie Parker foi tema de um conto especialmente impactante, "O perseguidor", assim como ouvir discos de jazz suscitou alguns dos pontos altos da prosa poética no século XX em *Rayuela, O jogo da amarelinha*. Cortázar, tão bem homenageado e mimetizado aqui, inclusive em "Instruções para matar um fantasma", texto breve que, bem ao modo do argentino, se contradiz, apresenta paradoxos: além de ser impossível matar fantasmas, eles fariam falta se efetivamente fossem mortos, pois "nenhum corpo humano é capaz de apagar uma estrada" e, ademais, "Fantasmas são, via de regra, ótimas companhias oníricas, devoradores de madrugadas".

Confronte-se essa crônica com outra, imediatamente precedente: "O colecionador de saudades". Talvez *Viver é fictício* não deva ser lido linearmente, porém ao modo de um jogo – assim seguindo a recomendação de Cortázar – e as sequências possíveis engendrem outras narrativas, outras conexões. O confronto das duas crônicas sugere que para colecionar lembranças e, portanto, ter saudades, os fantasmas são indispensáveis.

Imediatamente a seguir, após a mimese de Cortázar, outra homenagem: "Clarice Lispector, minha" – como se já não houvesse tantas marcas da sua leitura, através de passagens como esta: "esquecemos o cheiro incompreensível de existir"; e não houvesse títulos que são paráfrases da autora de *Felicidade clandestina*.

O narrador ingênuo apresentaria imediatamente o tema: diria algo sobre suas emoções, evocações ou o que fosse, relacionadas à leitura de Clarice. Mariana, não – abre escrevendo sobre tomar café às três da madrugada. Em seguida, declara-se possessiva – "Não suporto conceber que há outros livros por aí, que não seja o meu *A descoberta do mundo*" – para concluir expondo uma poética, a declaração de que leu muito, apaixonou-se por algo do que leu, e dedicou-se ao empreendimento de confundir literatura e realidade; ou de experimentar a contradição entre as duas esferas, do mundo das coisas e aquele dos símbolos. A opção é pelo simbólico: "A sua voz, Clarice, reside única dentro dos meus olhos e não posso ferir minha imaginação com a realidade". Uma esquizofrênica? Não, uma viajante por dois mundos, pela intersecção possível da "voz", do símbolo, e o das coisas.

É assim que *Viver é fictício* enfrenta os desafios da crônica, o gênero injustamente rotulado como "menor", que se confunde com o relato e a prosa poética, mas pode ser literatura total, absoluta. O lugar daqueles que não querem ferir a imaginação com a realidade.

Inclusive através de dois dentre os autores especialmente apreciados, referências diria, para ela: Clarice Lispector e Paulo Mendes Campos – ambos mencionados e homenageados neste conjunto, ao lado de outras presenças fortes; especialmente a do Fernando Pessoa / Bernardo Soares, integrando um leque que se abre desde Mario Quintana até Gaston Bachelard. Aliás, aí está outra qualidade desta cronista: exibe paixões literárias, sem tornar-se sentenciosa, sem usá-las como amparo ou justificativa.

Uma chave para sua leitura está neste início de "O colecionador de saudades": "Eu gostava mesmo de escrever em terceira pessoa". Isso, lembrando que os portugueses – e Mariana Portela tem residido em Lisboa – confundem os tempos verbais, e "gostava" pode significar "gostaria". Mas não, nesta crônica que mimetiza um conto, que simula um relato, a objetividade naufraga, – e com ela também a subjetividade, como esferas autônomas: "Levo meu espírito para abrigar outra identidade. Crio um semi-heterônimo. Sem passado algum." A crônica expõe uma poética: "Eu já não me serei", diz. A criação literária é para quem é e não é, está e não está aí. A extrema lucidez e a loucura podem confundir-se – Mariana simula a loucura ao exibir sua penetrante lucidez.

E assim nos oferece a gama completa das possibilidades de expressar-se. Combina e harmoniza o registro da subjetividade, manifesto através de uma prosa poética de imagens luminosas e a falsa confessionalidade dos narradores. Em primeira instância, seu compromisso ou seu envolvimento mais profundo é com a literatura; com uma experiência poética por vezes apresentada como antagônica com relação ao real, a uma realidade imediata – certamente, a uma realidade prosaica – mas que cria a realidade, ao iluminar experiências, os lugares, as pessoas e as coisas através do olhar poético.

São Paulo, 10 de fevereiro de 2018.

Do amor

Sobre o voar

Eu sempre organizava a casa para a chegada do Tom. Comprava leite Ninho, lia a programação infantil do fim de semana, punha mais água nas plantas. O ritual de sua vinda me fazia um homem mais sereno. Deixava de lado as noitadas regadas a gin tônica ou *whisky sour*. Esquecia-me do computador, dos meus funcionários, de tomar o antidepressivo.

Às vezes, confesso, ainda me dá medo de como será nosso encontro. Nem sempre estamos em plena sintonia. Por mais que nos esforcemos, os dois, há a estranheza da ausência, o escândalo da demora, a vertigem de me ver em outros olhos.

O Tom mora com a mãe, em Recife, desde os dois anos de idade. A cada quinze dias ele vem me visitar em São Paulo. Esse fim de semana era especial – feriado prolongado. Tínhamos cinco dias para desbravar dinossauros, visitar planetas pueris, desenhar universos encantados.

Decidi convidar duas amiguinhas do jardim de infância, no sábado. Sinceramente, não sabia se elas ainda se lembrariam dele. Quando se tem dois anos e o cérebro em construção, é impossível discernir qual lembrança escolherá a memória como casa.

 A Beatriz e sua mãe chegaram pontualmente às três horas da tarde. O sorriso da pequena era capaz de me salvar de todos os pesadelos que tive, quando criança. A inesgotável felicidade de quem vive os instantes em doses homeopáticas. Sua alegria em ver meu filho, austero, menino, transbordava os quartos e os contos de fadas. Paixão mesmo.

 A outra menina demorou mais de uma hora para se juntar àquela sala de verdades inventadas. Sua mãe, Maíra, uma *socialite* que não estava acostumada a dirigir o próprio carro, tivera dificuldade em estacionar. Eu moro ao lado do Morumbi e era final do Campeonato Paulista.

 Enquanto a Julia, rebenta da burguesa insossa, não chegava, parecia-me óbvio que Beatriz se esbaldava na exclusividade com o Tom. Envergonhadíssima e alerta. Elegia todos os seus brinquedos preferidos. Enredava desvarios de eternidade. Sorria, tímida, à espera da aprovação da mãe que, estarrecida, buscava alguma cumplicidade no meu olhar.

 A tarde durou menos que um pôr do sol de outono. Quando me deparei com o relógio de mesa, uma relíquia *vintage* comprada na semana anterior, já passava das oito. Repletas de brigadeiros e poesia, as meninas se despediram do Tom e de mim. Reparei nos sorrisos escondidos na íris de Beatriz. Sua mãe, acanhada, veio me confessar, baixinho:

– A Bia fala toda hora do Tom, mesmo sem vê-lo sempre. Ele é o primeiro amor da vida dela.

Atordoado, passei a noite pensando naqueles primeiros afetos. Amores que levamos em forma de nuvens. Amores que se dissipam nos azuis e esquecemos para sempre.

No dia seguinte, levei o Tom para Guaecá. Achei que nossas horas seriam melhores, longe do caos da Pauliceia. Lá, distraído pelo cheiro de algas e mergulhado nos escritos de Henry Miller, recebi um vídeo da mãe da Bia. Elas estavam no Borboletário de São Paulo, naquele momento. Uma borboleta, silenciosa, atreveu-se a pousar no nariz da menina. A mãe, orgulhosa, registrava a doçura com o celular, quando a filha lhe disse:

– Borboleta, quero que você vá até o Tom, que mora no Recife!

Uma delicadeza enorme e corroída me suspendeu em quimeras. Como é possível uma criança sentir esse absurdo gratuito que é o amor, nessa idade?

Mostrei o vídeo, imediatamente, ao meu filho, exausto de oceanos. Ele, menino, mostrou-se profundamente desinteressado:

– Papai, eu detesto borboletas!

Senti-me um imbecil. Por ser homem, por entendê-lo, por testemunhar tamanha atrocidade, vinda dele. Meu pequeno paraíso repetia as mesmices que eu tanto abominava. Onde havia escondido sua sensibilidade?

Passei o domingo inteiro e boa parte da manhã de segunda a explicar ao Tom sua impassibilidade com a garota. Argumentei que nada era relacionado às borboletas. Só existia o desejo de endereçar saudades, algures.

Não tive a certeza de que ele me entendeu, até o fim do dia. Entramos no mar, ainda morno de Sol. Uns quatro peixinhos, gêmeos, invadiram a paisagem. Eram amarelos com detalhes rosados. O Tom, inebriado pela possibilidade de agradecer, tentou encarcerá-los com os dedos, miúdos. Falou, com a liberdade dos deuses:

– Vou guardar esses peixinhos para a Bia, papai. Quem sabe ela também goste de voar para dentro!

Embasbacado, eu não consegui pensar em outra coisa: tornei-me pai para regressar ao Nunca.

Letra & música

Em tempos de outrora, quando os sonhos ainda sorriam, havia, no mais longínquo de todos os oceanos, uma bela sereia. O resplandecer de seus cabelos era de ofuscar as narrativas. Sua pele desafiava as cores do Sol. Mas sua voz não existia. Lili era a única sereia muda de toda a sua espécie.

No início, era tratada como um acontecimento. Utilizavam-na para justificar as barbáries humanas. Colocavam seu silêncio como maldição das alianças feitas entre a terra e o mar. Isolada de todo afeto presente nas famílias marítimas, sem nenhuma educação formal, ela aprendeu sozinha: a ouvir as marés, a desenhar os breus, a enfeitar as ondas com as palavras que jamais iria proferir. Virou poeta.

Longe dali, em território sólido e arenoso, vivia João. Tinha ascendência pirata vinda de seu bisavô, que fora deserdado por sua abastada e nobre família. Séculos e séculos de grandeza se transformaram em águas azuis e marginais. Joias, amuletos, superstições. Maldição de sereias. Bom, nada disso tinha a ver com João. Ele simplesmente gostava de tocar sua viola e inventar músicas em sintonia com os movimentos da Lua. A noite lhe fazia companhia, ao guardar o seu segredo: odiava roubar ou machucar outras pessoas.

    Seu pai, contudo, poderia perder a fama de velho lobo do mar. "Um filho meu não pode ter a alma do avesso, para fora da pele"! – vociferava. Era imperativa a presença de seu espelho na próxima embarcação. Havia um carregamento imenso, trazido da África, que lhe renderia as maiores riquezas.

    Lili habitava as paisagens como um narrador onisciente. Sua clausura invadia as profundezas, ignorando as tempestades. O vazio aumentava os sabores. Seu espírito, no entanto, doía. "Se tivesse uma voz, será que me sentiria mais amada?" Haveria um amor em mudez absoluta?

    Enquanto isso, João se embriagava de conhaque para suportar o peso daquela viagem. Seria capaz de assassinar velhos e crianças? Aguentaria os apelos das mulheres a reverberar no seu pensamento? Ou conseguiria enganá-las até o fim? O périplo parecia perigoso. Pensou em morrer em alto mar. Heroico.

    O coração de João, entretanto, passou a bater em descompasso quando ele avistou a ilha, meses após meses só possuindo o horizonte como testemunha. Aquele verde, ínfimo, repleto de árvores e pássaros selvagens, possuía o contorno perfeito de uma clave de dó.

    A sociedade aquática, ao perceber as estranhas movimentações nas ondas, começou a se preocupar com o gigante de madeira que não afundava. A bandeira negra, com o símbolo de uma caveira no mastro real, só poderia ser o presságio de uma batalha contra os destemidos viajantes. Era hora de se preparar para combatê-los.

Lili parecia alheia a todo o pânico que o navio pirata causava em seu povo. Passava os dias estudando a dança das nuvens. Catalogava os mínimos cantos das aves. Inventava nomes para as ondas. Escrevia versos nas areias brancas.

O pai de Lili, um deus marinho de porte exorbitante e feições assustadoras, preparava sua fúria para recepcionar os hóspedes indesejados. Organizou todos os seres para aniquilar a caravela. Sua ira, entanto, entristecia as árvores, afligia os peixes, desesperava as estrelas. A natureza não ansiava por mais uma guerra.

João desconfiou da calmaria. O reflexo do luar carregava uma reclusão tão infeliz, naquela madrugada. Seus dedos deslizavam com pesar pelas cordas do violão. O azul que cobria o céu tinha gosto de lágrimas. Ele sabia que algo terrível estava prestes a acontecer.

Lili, cúmplice da melancolia relatada pelos ventos, foi até seu pai, para confrontá-lo. "O seu ódio só diminui a alma desse lugar", escreveu com algas. "A nossa essência é comunhão com tudo aquilo que não nos pertence. Você destruirá a todos nós, caso não se liberte desse sentimento inferior".

Culpado pela condição da filha, o pai ignorou o sábio conselho. Ele se ressentia de ter sido cordial com outros marinheiros, em memórias esquecidas. Acreditava que a mudez de Lili era o castigo por ter-lhes ajudado a atravessar aquelas águas. Chegava o momento de se vingar. Todos os silêncios seriam extirpados, finalmente.

    João, em sincronicidade cósmica, interrompeu o jantar dos piratas. "Essa tranquilidade é mau agouro", disse, com a voz trêmula. A tripulação, já entorpecida pela soberba, riu-se dele. "Como você pode ser sangue do meu sangue"? – questionou o pai, estarrecido com a sensibilidade do filho. "Se não gastasse seus dias a transbordar romantismo em canções, já saberia a verdade que reside no útero do mundo!"

    Lili, em prantos, nadou em direção à nau, na expectativa de alertar sobre a iminência da catástrofe. João, desconcertado, pôs-se à beira da proa. Ele ensaiava o derradeiro som, à espera da coragem de atirar a si mesmo nos gélidos braços da morte. Ela o ouviu. Ele a enxergou. Aquele instante que precede a epifania.

    João mergulhou, enfim. Lili, já imersa, resgatou seu corpo, exausto de desencontros. Carregou-o por léguas e léguas, na velocidade das paixões. A alvorada já ensaiava seus dizeres antes de ele despertar do sono de eternidades.

    Quando o amor se reconhece, sempre haverá letra e música, dizem as lendas.

Ensaio sobre o porvir

Agora, sentada neste quarto que não me pertence, com a chuva redundante de verão teimando em atrapalhar a música, pergunto-me, desesperançada: como teria sido a minha vida ao teu lado? Será que ainda seríamos felizes, hoje? Ficaste no patamar onírico do impossível, na memória doce do porvir, nos sonhos infantes do amor inesgotável.

Agora, quando o cheiro de finitude das velas invade as reminiscências de nós dois, coloco-me à disposição do Universo para receber as respostas do que está enclausurado há tantos anos na minha carne. Existe algum pedaço de vida que nos é amputado, pelas escolhas que fazemos?

Com os olhos inchados de tamanha realidade, sinto-me pequena, frente àquilo que não vivemos nós. De todas as dores, essa, mais clichê, é a que mais dilacera uma alma bipolar: o lado que sonha.

Permaneço, nessas horas insones, a flutuar sobre o que não fomos. Ah, se tivesse perdido aquele voo! Ah, se minha alma não fosse tão cruel! Ah, como pude suportar as tuas lágrimas, no táxi que separaria nosso destino para sempre?

Tu sofreste a minha partida tão antes... Eu sofro a minha chegada, neste instante. Separados, em séculos de espera. Será que existe, neste mundo, amor em compasso? Ou o amor só resiste aos relógios desconexos, ausentes de plenitude?

Sinto saudade da tua incompletude. De te ensinar o óbvio e ver teus olhos azuis a agigantar epifanias. Sinto falta de falarmos línguas estranhas. Queria reconhecer cada fio de cabelo branco e ralo, que envaidece a tua cabeça. Desejava colocar-te, uma vez mais, em minhas pernas, e te contar que o teu passado aumenta meu futuro. Almejava ter te visto envelhecer em cada ruga.

Depois de tantos anos e tantas tempestades, só agora, amado, minha miopia se foi embora. Dói-me viver sem ter-te tido. Desola-me pensar-te distante desse cais. Que a vida possa-me trazer-te, em ondas, nem que seja por outros mares.

O perdão do amor demais

Talvez seja pouco conhecida a história de Lilith, a primeira mulher da criação. Nascida da mesma matéria – e em igual potência – a Adão, a personagem banida da Bíblia possui uma análise mitológica dificílima. Para encurtar a narrativa, ao perceber que não poderia dominar o amante, a filha de Deus vê-se em um dilema: a igualdade ou a submissão.

Sua alma, no entanto, escolhe não sucumbir à dominação masculina. E ela voa para longe do Éden, inadvertidamente. Três anjos saem à sua caça. Insubordinada, Lilith é alvo da mais cruel das maldições: seria transformada em demônio e cem de seus filhos seriam mortos a cada dia. Ela, por sua vez, retribuiria a dor: atacaria mulheres e crianças recém-nascidas e roubaria o sêmen dos homens durante o sono, na tentativa desesperada de repor os descendentes assassinados.

Em termos arquetípicos, é possível comparar o mito de Lilith à *anima* junguiana. Adão teme o mistério e a obscuridade de sua parte feminina, a qual nega por considerá-la uma ameaça às suas forças. Sua atitude é uma recusa à interioridade, à plenitude e ao processo de individuação.

Astronomicamente, Lilith representa a Lua Negra, quando o satélite se encontra no ponto mais distante da Terra. Exilada do planeta. Em astrologia ela exprime o sacrifício ao todo, à integração cósmica. Sua influência interfere diretamente na fertilidade, na abertura ao novo, na inevitável verdade ontológica. Do útero – a escuridão suprema – nasce a vida.

    A liberdade da mulher torna-se, pois, um fardo: não se pode amar demais. Não invadir o que não foi nomeado. É preferível cristalizar a ignorância do que iluminar conteúdos submersos. Proibido como o fruto da serpente (que também, em algumas leituras, é uma animalização de Lilith). A sabedoria dual luz e sombra deve ser evitada, pois não se mensura os limites do conhecimento, em profundezas.

    A etimologia, entretanto, desvenda os mais belos dizeres sobre o símbolo de Lilith. De origem suméria, "Lil" significa ar. Respirar, concomitantemente, em latim, remete à devolução ao espírito (re – "de novo" e *spirare* – "espírito").

    Lilith, expatriada deusa, é um presságio de nosso destino: ao nos defrontar com os escuros, feridas impronunciáveis de nós mesmos, preferimos a rejeição. Tememos a dispneia. Revirar os naufrágios, emergir o caos, abraçar a coletividade. Abdicar do ego em prol da igualdade nos é insuportável. Contudo, será possível atingir a clarividência nas superfícies de nossas almas?

Esse texto é uma homenagem ao meu amigo amado Bruno Padilha.

O museu dos amores perdidos

Enquanto o garçom deitava ao chão uma bandeja trovejante de pratos e cálices e restos, para eles o mundo não acontecia. Entre risadas inconfundíveis e tímidas carícias, o mundo não acontecia. Apesar do barulho, o mundo não acontecia. No cerne da futilidade pequeno-burguesa dos restaurantes dos Jardins, nada em torno fazia alarde àquele momento. E o amor era uma crase.

Os céus lhes sorriam e reverenciavam tudo o que não era dito. Mágicas como móbiles em berços, as estrelas salpicavam – uma a uma – a noite cúmplice. Existiram batidas policiais, assaltos à mão armada, fugas de adolescentes desesperados, porres, injúrias, traições ou suicídios? Nada. O mundo não acontecia ali.

Entanto, a noite se esvaiu e o dia é muito perigoso para quem ama. As manhãs trazem as irregularidades no rosto, as maquiagens borradas, o hálito adormecido. Quando o planeta se ilumina e volta a pegar o ônibus, toda a magia se dissolve em gélidas neblinas.

Eu tenho testemunhado a morte do amor em cada uma de minhas gavetas. Mesmo para os corajosos que se doam e não temem o sofrimento, o amor tem se evaporado. O que me assusta é que tudo pode findar-se por uma semana em que os dois não fazem sexo. Porque os jantares na casa da tia-avó são enfadonhos e o tio com Alzheimer repete as mesmas histórias da Grande Guerra.

Os mais lindos roteiros de filme que já vi efetivados estão se diluindo. E os casais se rarefazem porque é tão mais difícil superar as adversidades. Que não cabem em 140 caracteres. O esquecimento imediato torna as pessoas descartáveis.

Onde, então, habita o lugar para quem está disposto? A sombra de vossa liberdade é tão grande e densa quanto sua dolorida conquista. Possuímos um histórico alarmante dos que viveram conjugados por obrigações. Mas, agora, também as nossas cartas perfumadas têm prazo de validade.

Eu sei que o amor acaba. Todavia, qual é a força da condescendência frente à incompletude do outro? Já que não se pode fazer plástica nos horrores estruturais – naquele dia, naquele restaurante, lembra?

Existo para modificar seus futuros. Ah, quanto medo sinto de ser esquecida! Porque eu não esqueço. Eu guardei tudo. Beijos, olhares, feições e todos os amanheceres sutis. Sou o próprio cemitério de todos vocês que andam fugindo. Tornei-me o museu dos amores perdidos porque sei que a nitidez de quem relembra tem a mesma intensidade do momento vivido. Eu luto contra o universo estrondoso do efêmero.

Nesses dias de pavor à nulidade, dá-me uma vontade de abrir-me toda em ferimentos meninos. Deixá-los gotejar um bocadinho. Levar os dedos a degustar o sangue. Esperar a resiliência corpórea. Atrasá-la uns dias, rompendo-lhes as côdeas. Sentir o formigamento da cura. E tatuar-me em cicatrizes mínimas que recordem o quão poderosas são as ínfimas explosões da delicadeza. Elejo a vibração da dor à mesmice amortecida. Parem de me alimentar!

Amor inconcluso

Ana galgava devaneios enquanto a máscara negra ia cobrindo seus cílios compridos. De sua mão escorriam gotas imperfeitas, repletas de cólera e temor. Encontrava-se horrorizada pelas sensações que assombravam o espírito, naquele instante. Ana já não transpunha – lenta em sua exatidão – cada uma das lembranças que a acalentaram a alma após aqueles quase 30 anos.

Como ressurgia assim, meu Deus?! E por qual razão, agora, 27 anos depois? O incognoscível sabor da possibilidade ia surgindo ansioso em sua boca, já pintada de vermelho-sangue – e como era óbvia na escolha do batom! Às vezes, a obviedade insurge para dar nuances ao real.

Vinte e sete anos. É uma vida! Toda uma encarnação em ausência. Repousara em recordações durante todo esse tempo? Fora escrita de novo, na casa da memória? Nada. A existência havia entardecido rapidamente, como se fosse abrigar um dilúvio.

E por que a sincronicidade ri dos seus sentimentos depois de 27 anos? Não guardaria mais tudo aquilo que a imaginação construíra? "Sou apenas uma prosódia que precisa se aconchegar à melodia?" – refletia estupefata.

A senhora de 49 anos incutia a imagem no espelho. A velhice não chegara com decrepitude, como acontecera com a maioria das amigas dela. Embora precisasse de uma cinta modeladora para apaziguar as formas no vestido, havia uma beleza ainda pueril no desenho dos seus ombros. Enquanto o corpo envelhecera, os ombros permaneceram intactos, resguardando as saboneteiras salientes. Era seu resto de infância traduzido na ossatura.

Era tão fácil para ela entender a aparente imortalidade dos ombros. Porque uma vida sonhada fora muito mais bela. E os ombros não suportaram jamais as dores da velhice. E tudo para Ana havia sido leve e sonhado e puro. Até o momento em que atendeu ao telefonema do amor devaneado.

Por que atendeu ao telefone? E por que ele liga, justo hoje? "Já tivemos tantas oportunidades de nos cruzar pelas calçadas! A quantos aniversários de amigos em comum eu fui, à espera de reconhecer o seu olhar quente, desértico. E o destino jamais quis o nosso reencontro!"

Justo hoje, ouvia um "eu te amo" desesperado. Como assim? "Vamos tomar um café na livraria onde nos conhecemos?" – ele disse, animado. E ela, estarrecida, disse que sim. É claro que sim. E agora, com a maquiagem pronta, os cabelos tingidos, as mãos feitas, a cinta disfarçando a barriga, agora já não sabia se desejava destruir todos os sonhos com esse mísero café.

Esse século que os separou a alimentou. Amor inconcluso. Ah, quantas noites não vividas tiveram o gosto indecifrável da ventura! Como ela fora resiliente, frente a todos os infortúnios, só por ter trancafiado apaixonadas fantasias! De seu sono imperturbável nasceram todas as defesas contra as enfermidades mundanas. E tudo estava correndo o risco de acabar-se.

    Seria inelutável? Havia uma robustez tão grande de espírito, por todos os futuros inventados! Um amor sem molduras, rebento de larguezas juvenis. Amor que dorme ao relento sem precisar agasalhar-se. Há maior amor que o amor imorredouro?

    Num esforço de lembrança, Ana velava as sobrancelhas do amado. Passava pela sua barba imponente. Ressuscitava cada centímetro dele. Ela sabia de cor suas unhas redondas. E sabia de cor as cutículas pesadas de carne. Porque teve uma enorme tristeza ao vê-las partir.

    Indelével. Fora assim que a inconclusão pousou em Ana. A fortaleza do vir a ser em quimeras lhe cobrira de esperanças para inúmeras vidas. Como o que ocorre com os escritores, ela havia dado a si mesma o presente da invenção.

    A curiosidade mesquinha sobrepujaria sua insana recordação? Porque, para ela, ele tinha a alma aberta como o mar em noite de ressaca. Seria capaz de aniquilar uma imagem tão bela e tão inumana como essa? Haveria ele envelhecido normalmente? Com preocupações estúpidas? Com questões triviais? Mas se ainda a amava, poderia ter se transformado num completo imbecil? Ele navegou com ela por canções inebriantes. Mastigaram juntos os mais belos pores de sol.

Não. Não ousava descrever em palavras o que efetivamente havia acontecido. Todas as vezes que se submeteu à confissão desse amor, partiu-se ao meio. Ninguém a entendera. Nem era para ser entendida. Seu amor era monolítico. Os rastros ficariam estampados nas gavetas, escondidos nas paredes embranquecidas, encerrados nos abraços perigosos.

Ana acendeu um cigarro. Sentou-se na cadeira de balanço. Invocou a presença de Chet Baker. Preparou um copo de uísque sem gelo. Recolheu toda a bagunça que estava para fora dela. E esperou a noite chegar. Satisfeita. O sangue não partiria de suas mãos. Ana era grata por não ser uma assassina de irrealidades.

Retrato de Magritte

Eu era a varanda. Grande, larga, chão de mármore. O outono invadia a cidade e chovia. Coberta de lama e de folhas mortas. Havia discutido tantas vezes com Deus, naquele tempo. O amor era-me um soldado desaparecido na guerra: cego, amputado ou entregue à terra.

Não precisei, Miguel, de mais do que cinco minutos para me pôr em lágrimas, diante de si. Um verdadeiro desabar monstruoso. Você ficou inerte, não se compadeceu nem ignorou. Assistiu à tempestade que saia de mim e que me alagava por completo. O terraço órfão. Eu, a varanda.

Sua doçura na escolha das orações era de uma brutalidade desleal. Comparável somente ao sol do meio-dia em pleno verão carioca. Secava, com a ousadia de um cavalo – porque eles são sempre indomáveis – quaisquer procelas.

E caminhamos juntos, ora deitados sob a crepuscular imagem do terapeuta. O meio. Indecifrável. Sempre no limbo entre o artista e o vagabundo. Entre Criador e criatura.

Outras vezes, vimo-nos imersos em poemas de luz e calma. Você colocou-me em seu colo e afagou-me os cabelos. Acolheu como um pai a clareira que se manifestou em meio a minha cabeça. Aquela careca – de estresse, dizem – que me fazia sentir o que é ser rebenta.

Juntos, enfrentamos os dizeres do perdão. Aquele fatídico dia. Jurei nunca ser hábil para acreditar em um homem novamente. Mas você, homem, em alguns segundos mudou tudo. Virou minhas convicções de cabeça para o ar. Eram tão claras e tão fortes, meu Deus! Só que ser vítima, por mais que a existência nos jogue em meio a tantas fatalidades, não é apropriar-se. O títere é conforto com cordas presas à carne.

O ódio não é meu inquilino, Miguel. O perdão não tem raízes no catolicismo. A suculência de perdoar está em não dividir a culpa com aquele que nos maltratou. Perdoamos para não ser cúmplices. Devolvemos o papel de protagonista àquele que o merece. Quantas vezes fingimos ser nossas as histórias encenadas por outrem!

Aprendi, deitada no divã, uma boa parte de meus defeitos e mecanismos de sobrevivência. No entanto, o ser consciente tem mais impotência que o ser ausente de si. O saber não nos modifica, nem traz as necessárias rupturas.

O óbvio se instala dentro de nós, mas não conseguimos abandonar as manias. Pincelamos as mesmas cores, mesmo quando possuímos mais tintas. A liberdade não preside na tela.

Andamos durante inesgotáveis horas a falar sobre minha necessidade de sedução. Precisei ser criança que envolvia. Fiz coreografias para encantar os adultos. Falava difícil e corretamente. Estudava e brincava sozinha, guardando tudo o que estivesse fora do lugar. Assim, sem me dar por ele, o embaimento assumiu propriedade adesiva. Grudou-se em minha alma.

Na terapia, isso me foi iluminado. Discernir não é suficiente para alterar comportamento, tantas vezes sujo. Como a nuca é para os olhares atentos de um vampiro, a blandícia foi-me deliciosa também.

Como todo vício, compulsório, meu corpo jazia em abstinência. Retive homens e mulheres. Esperava descobrir qual canal de conexão era o melhor. Personalizava as conversas. Sorria para os estranhos na rua. Utilizava a voz mansa, quando me apetecia.

Sentia tanto nojo de mim mesma! Repulsa, raiva, ojeriza. Não havia controle. Bajulava as flores, para que elas me amassem. Mimava as crianças. Os velhos, oh, como afaguei sem limites suas carcaças com o intuito de obter aceitação...

E essa semana, Miguel, senti tudo isso ir embora. Eu disse: "adeus, meu querido mestre". Dei as costas para o navio vaidoso. Caiu sobre mim, inesperadamente, uma agonia gorda. De que vou viver agora?

Renunciei por amor. Mas o repúdio se infiltra. Por quê? Como é que a gente enjeita algo tão nosso e pode acordar no dia seguinte? Quando a fertilidade atinge o rompimento? Não há uma reencarnação para mim?

Agora, quando devaneio sobre um ser embalado em minhas malícias, sinto meus seios a secar. Não vou amamentar nada que não possa deixar crescer. Repulsa. Medo. Covardia. E junto com tudo isso, sinto-me só, sinto-me feia, sinto-me aterrorizante. Comecei um regime essa semana, para ver se o espectro reage melhor. Talvez o que me cobre possa ser mais fácil. Mutável. O olhar é mais antigo. Claro, não cortei de meu cardápio vinhos e queijos porque o masoquismo não me habita. Desejo jejuar noites em claro. Faquir de meu cerne. Sei que a beleza não mora no coração do outro. Ela existe?

Da palavra & da música

Erros de continuidade

"A noite era cheia daquelas pequenas nuvens muito brancas, que se destacam umas das outras. Vista através de uma ou outra delas, a Lua tinha em seu torno um halo azul, castanho e amarelo, com uns tons supostos de verde-vivo. Entre as árvores o céu era dum azul-negro profundíssimo, longínquo, irrevogável. As estrelas viam-se ora através das nuvens, ora, muito longe, mas entre elas. Uma saudade de coisas idas, de grandes passados da alma, talvez porque em reencarnações antigas, olhos nossos, no corpo físico, houvesse visto, este luar sobre florestas longínquas, quando selvática ainda, a alma infanta talvez pressentia, por uma memória em Deus ao contrário, no futuro das suas reencarnações, esta lua retrospectiva. E assim essas duas luas davam mãos de sombra por sobre a minha cabeça abatida".

Bernardo Soares/ Fernando Pessoa

Não faz muito tempo que minha melhor amiga veio me confidenciar o sonho fenomenológico que teve, dias após ser mãe. Ela conversava na varanda de uma fazenda com meu pai – aquele ser digno de desdenhar os bestiários de Cortázar – em noite de lua cheia.

Talvez ele seja a pessoa mais capaz de transformar o realismo fantástico em verdade, *no piscar de uma galáxia*. Até consigo ouvir sua voz, naquela noite em que não sonhei, naquela pele onde nunca vivi.

Meu pai, em seu enredo, alertava-a sobre o famoso erro de continuidade de um filme irretocável. Sua epifania, ao despertar, habitava os domínios extraordinários do óbvio: a maternidade não poderia abrigar tais descuidos.

Pensei, embasbacada, apaziguando meus silêncios em sortilégios: e se o maior erro de continuidade fosse a minha existência? Estaria eu blasfemando contra a memória de todas as mulheres que caminharam até minha íris? Seria agora o momento de interromper essa escravidão cardíaca das estrelas?

E se formos, todos nós, erros de continuidade, insistentes numa redenção impossível, delirantes com a vergonhosa liberdade? Suplicamos a vida toda por magos, que sobrevoem as biografias, espalhando os famosos *goles de velhice*?

Aquela conversa, indecifrável, fez-me indagar acerca da minha ancestralidade. Por que, meu Deus, havia tanta fertilidade nos nossos dilúvios?

Herdamos os planos enclausurados, as cartas de amor seculares, uma linhagem de poetas. Contudo, ainda assobiamos as canções milenares, em madrugadas de festa? O café sempre cheira a saudade? Estaremos luminosas, quando a solidão cair do céu?

Pergunto a essas mulheres que me traçam o espírito: qual o peso que se produz entre o escuro e o entardecer? Em quais revoluções intrínsecas devo lutar? Com o dinheiro que sobrar para a viagem: quais parentes visitar? Quantas são as fragilidades que estou autorizada a convidar, quando vir uma alma em frangalhos?

Ah, fardo irremediável da delicadeza!

Só peço, em vertigem anciã, às amadas que navegam pelo meu sangue: preservem-me alguma sanidade. Há mais dor no instante que precede o despertar da ferida. Acho que nenhuma dor dói, desde que não seja incomodada.

E reitero, enfim: nunca se esqueçam da minha devoção às palavras. Pois aprendi que não se morre de amor; morre-se de cachaça. Quando ideias se tornam interiores, esqueço-as como moedas. Um dia, reencontro-me com elas, em lugares inusitados. A mim, sobram-me os caminhos, que perco tanto quanto canetas. Só que as canetas me fazem mais falta do que as estradas. As canetas são as avós do futuro.

Fragmentos sem passado

"Navio que partes para longe,
Por que é que, ao contrário dos outros,
Não fico, depois de desapareceres, com saudades de ti?
Porque quando te não vejo, deixaste de existir.
E se se tem saudades do que não existe,
Sinto-a em relação a cousa nenhuma;
Não é do navio, é de nós, que sentimos saudade".

Fernando Pessoa

    Sou artista. Mais pelo fardo do que por *glamour*. Tenho 17 prioridades ao mesmo tempo. Não tenho mergulhado muito, mas conheço o fundo do mar com as minhas inextricáveis entranhas. Já deixei um amor ir embora.
    Suporto o trabalho, embora seja enfadonho aguentar o medíocre. Aprendi que o dinheiro adora a felicidade. Sou geminiana, meus cabelos estão brancos há anos. Sinto saudade dos sítios que não me tornam protagonista.
    "*Abrigo no peito, como a um inimigo que temo ofender, um coração exageradamente espontâneo*" – isso é o Pessoa, que me cabe por hoje. Se eu fosse uma canção do Chico – "Anos Dourados". Dos Beatles, "A Day in the

Life". O senso comum dilacera-me, assim como a "Garota de Ipanema".

Tenho profundo amor ao óbvio, invisível. Namoro há seis anos e tenho tanto medo de amarelar minhas relações.

Sou filha da literatura e isso foi doce. E isso doeu.

Fico apavorada com a ideia de morrer sem ter escrito nada que salve um espírito da loucura, pois fui salva e, assim, torno-me dividendo.

Eu amei mais do que pude e isso é o meu Chico, lado B, que preservo e de quem tenho ciúmes.

Perdi parte de mim em Lisboa. Odiei e amei a cidade de meu mestre. Recitei poemas por lá e fui profundamente feliz de ter meu sotaque e não entender nada acerca das linearidades.

Passei seis meses sem escrever, quando fui eu, na mais verdadeira das hipóteses. E sou infeliz sem escrever, mesquinha de ideias, assustada pelos supostos plágios de mim mesma.

Menti. Menti, mas acima de tudo, inventei. E fui ainda mais plena, quando não estava lá.

Acho o corpo um ser estranho, estrangeiro e plácido, equidistante. Amo a companhia da noite, como se os úteros estivessem abertos às minhas visitas. Tenho mínima tolerância à burrice. Sinto falta de uma amiga que nunca mais estará ao meu alcance, embora a morte não a tenha prestigiado com a juventude.

Meu pai é a maior confissão de mim mesma.

Minha mãe é minha fúria. E eu a amo, sensível e frágil, e forte. Tenho medo de que o mundo, infame, a despedace em volúpias. E tenho medo de que ela parta sem me contar onde reside esse sótão de epifanias.

Sinto saudades antes de Paris, quando o amor era nítido e puro, e o planeta não atrapalhava a telepatia. Gosto de sentir medo dos animais e da sua incondicionalidade. Pareço dispersa, arbórea, louca. Mas cada um de meus amigos sabe exatamente o meu apreço.

Viver sem paixão é tortura.

Meu irmão é um dos grandes motivos de eu existir, apesar de estar só, ensimesmado, negligenciado dos meus dizeres fraternos. No cerne de mim, ele está. Em tudo.

Meu cérebro transborda, cintilante, como uma casa com todas as luzes acesas, Clarice. Hoje você esteve comigo e a vida basta nesses momentos incinerados, luminosos. Guardo só uma pessoa em um segredo, pela qual me sinto lisonjeada. E, se pudesse escolher uma só pessoa, seria ele. Tenho vontade de morrer nos dias excessivamente claros, ou quentes. Os dias não me são íntimos. Aprendo música, nada entendo. E a idolatro, por todos os labirintos. Fiz versos bonitos, aos 15, quando nada me absorvia. Não escrevo mais versos. Letra, nunca fui capaz. A Fenomenologia me deu sentido. Minha irmã alimenta as esquinas. O português é a pátria que venero. Acredito que os olhos, fartos de realidade, esticam os sonhos como pastilhas elásticas, ainda açucaradas.

Mato-me todos os dias.

Não sofro com isso.

É um prazer reinventar-me, ensinar-me novas canções e amanhecer em melodias.

Escultor de nuvens

"– A quem mais amas tu, homem enigmático, dizei: teu pai, tua mãe, tua irmã ou teu irmão?
– Eu não tenho pai, nem mãe, nem irmã, nem irmão.
– Teus amigos?
– Você se serve de uma palavra cujo sentido me é, até hoje, desconhecido.
– Tua pátria?
– Ignoro em qual latitude ela esteja situada.
– A beleza?
– Eu a amaria de bom grado, deusa e imortal.
– O ouro?
– Eu o detesto como vocês detestam Deus.
– Quem é então que tu amas, extraordinário estrangeiro?
– Eu amo as nuvens... as nuvens que passam lá longe... as maravilhosas nuvens!"

Charles Baudelaire

Atordoado, o homem, envolto em bocejos, comunga o céu. Busca, insone, algum chamado para a distante perfeição aos seus versos. Sabe, pelos gregos, o quão generosa é a natureza para a criação. São 5h30.

Na observação milimétrica, quiçá, ele há de encontrar vozes que clamarão sua pena.

A imaginação em relação às nuvens, sem dúvida, o fará dialogar com o aspecto mais óbvio do devaneio: a abertura da matéria. Afinal, as nuvens são capazes de clarear o mundo, tornando-se um veículo da translucidez. Escolhem, a cada instante, onde estarão as luzes e as sombras. Ele, matéria imóvel, em sua essência medíocre, poderá flanar, em flocos, para beber o azul do dia.

Uma andorinha exibe os fios tecidos no horizonte. Distraída, não reclama a autoria do voo que está sendo furtado, traduzido em letras. Seu rasante é, então, libertado pela onírica angústia do espectador.

Surge, no insuspeito poeta, o ímpeto de rasgar a manhã em voos delirantes e brancos. Pois sabe-se, agora, condenado à mobilidade. Senhor de asas que lhe foram doadas pela primitiva meteorologia.

Tudo caminha para um périplo em mansuetude. A fauna enaltece a alegria. Árvores reverenciam, harmônicas, a tranquilidade adormecida dos deuses. No entanto, não há programação que esteja alheia aos imprevistos. Uma tormenta enclausura-se nos domínios do desavisado navegante. O dilúvio instaura-se em cobiça, explicitando a minúscula presença do intruso. E a inundação apaga todas as epifanias, filhas da certeza.

O poeta, escravo da verdade, esvoaçado em desencontros, questiona a jornada, expediente incomum. Rememora a trajetória, em terminologia proposital:

foi deflorado em nevoeiro, aurora sem Sol. *Stratus* é o desígnio dado a elas, pensou, orgulhoso das aulas que devolveu ao coração, acerca das nuvens. Depois, lá pelas 10h, experimentou a onipotência, acompanhado de *Cumulus*. O auge do desejo só poderia ser retratado com um nome magistral. A fúria, porém, precipitou-se às 15h, vestida de *Nimbus*. Exatamente quando ignorava os presságios, trazidos pelos ventos iminentes da grandeza. O naufrágio inundou as folhas e borrou, sem escrúpulos, todos os seus contornos.

As horas se espreguiçam – ressaca de tormenta – vagarosas. A noite ensaia, enfim, suas cores inevitáveis. O sonhador, inebriado, inaugura um pensamento, onde o escuro se dissipa. Quão morosa é a contemplação, nesse fim de tarde de outono?

As iras, também, são fonte de inspiração. Encharcado, às 16h30, o aprendiz de tecelão pode reavistar o astro rei, com seu altruísmo de divindade, a secar as linhas outrora perdidas em arrogância.

Os momentos que precedem o crepúsculo, tornam-se, assim, imprescindíveis ao conhecimento. As nuvens, criativas e destruidoras, irão descansar da claridade para reverenciar a solidão, lunática.

Em prol de sua redenção, o azul-alaranjado pinta no firmamento a última lição: murmura, antes, a provável tempestade, para depois se aninhar em doçura, *Cirrus*, ululante metáfora da existência.

Uma salutar felicidade pode, enfim, agasalhar suas palavras. A lentidão já lhe era ontológica. A mesma lã que sonha com metamorfoses é víscera de fiandeiras. Nenhuma transformação convida à ansiedade. Todo destino reside no floco, inesgotável. O peso da leveza é o tempo.

Delírio das assinaturas

O que a noite me ensinou sobre todas as coisas, pode ser traduzido na meditação desesperada dos silêncios. Esses instantes de exílio poético, em que as clausuras do amanhã não se sobrepõem às eternidades imaginadas.

Sempre precisei das madrugadas para dar início a uma carta, uma leitura profunda, uma mudez escancarada em quimeras. Manhãs nunca me foram testemunhas dos sonhares.

Por que será que as vísceras só se abrem nessas horas? Quais reinos são libertos, na escuridão dos antigos murmúrios? *"Meu coração é um albergue aberto toda a noite"*, sussurra Pessoa.

Entanto, uma vez proferidas, as palavras se despedem para habitar outras íris, outras mãos, outros pensamentos. E eu poucas vezes me percebi, anoitecendo minha alma na memória de narrativas alheias.

Nas últimas semanas, fui revisitar-me em duas ocasiões, em sincronia cósmica. Uma velha amiga me agradeceu pelo livro que lhe dei de presente, em seu aniversário de 20 anos. Foram algumas poucas frases para que pudesse trazer à mente todos os desejos pueris que envolviam aquela data. E o coração pôde celebrar, sem fantasias, a grandeza de ser repertório da existência dela. Ainda que o hoje já não abrigasse nossos caminhos, ontem fui imprescindível àquela pessoa.

"Escrevemos cada vez mais para um mundo cada vez menos", ensinou-me, tardiamente, Alberto da Cunha Melo. Essa melancolia (arque)típica, quase inoportuna, quase clichê, que apavora o destino de todos os escribas.

O mais importante veio de um saudoso amigo da adolescência, por quem nutri muito carinho e admiração – na primeira metade de mim. Ele me confessou, com ternura juvenil, que eu havia escrito uma das cartas mais bonitas de toda a sua vida.

Meu coração, o albergue, sofreu um dilúvio imediato. Recordei todos os sentimentos que me avassalavam naquela época: dores infinitas, a solitude do não pertencimento, a recusa à obediência. Depois, fui encharcada por um orgulho sem nome, uma alegria além dos versos. Era a minha carne de menina, em papel e tinta, morando na alteridade.

Um pedaço meu guardado pelo tempo, expatriado da minha lembrança. De quem seriam aquelas declarações? Por quais estradas estive com ele nesses anos todos? Quais seriam as inúteis revelações? De onde nasceram essas sagradas cicatrizes que eu havia cometido?

O fundamental daquele fenômeno não residia nos lugares comuns que eu provavelmente utilizei, tampouco no conteúdo de uma carta, ridícula. Os fatos eram apenas o preâmbulo de algo essencial: só me comunico verdadeiramente por intermédio da escrita. Se amei, amo ou amarei alguém, nesta encarnação, necessito das palavras para elaborar as sensações. Só peço desculpas quando incorporada em literatura.

Não há memória que atinja, em igual beleza, uma superfície perfumada, com firma reconhecida. E isso constitui o maior fardo e o maior dom que alguém pode carregar. Todas as verdades só existem antigamente, quando a coragem legitimou o delírio de uma assinatura.

Invólucro dos segredos

*"Cada poema é uma garrafa
de náufrago jogada às águas...|
Quem a encontra, salva-se a si mesmo".*

Mario Quintana

A velha manhã anuncia que já não é mais hora para ti. O dia é um grande castrador da embriaguez. Nenhuma nau está atracada no porto do meu silêncio, embora eu deseje quebrar-te para almejar os bons ventos e as calmarias às viagens aos horizontes.

O vinho envelhece, agonizando com maestria, em teus contornos. Suicidas aproveitam-se da tua vulnerabilidade para dar cabo às suas vidas, em gestos de desrespeito com a tua integridade.

Selas as amizades, ao seres desvirginada pelos companheiros fartos de realidade. Inauguras os amores, nas noites primeiras. E também és cúmplice dos olhares últimos, já extintos de paixão.

Fazes a solitude tornar-se diáfana. Não há isolamento que não sonhe com presenças. Armazenas a ti mesma, mesquinha que és, como troféu incógnito das madrugadas.

Tatuas as memórias mais cruéis, os amores perdidos em devaneios de oceano. És requinte das bruxas, em rituais de primavera. Fornecida de graça, vestida de água, nas mesas dos restaurantes europeus.

Enclausuras a poesia que não pode ser degustada. Povoas as minhas reminiscências de infância, nos almoços desprovidos de maldade. Oferecem-te flores, e já não existes em essência.

Abrigas as conchas, desavisadas da tua missão. Encontram-te quando estão perdidos. Invocam-te quando as esperanças foram esgotadas. Almejam a gota única que ainda carregas no ventre, exausta de gravidez.

Guardam-te, anos e mais anos, para celebrar os casamentos. Confidente dos ébrios, estás envolta pelos dedos crestados de imundície. Ah, tua história fenícia e milenar! Quão bela não te sentes agora?

Mas tu, meio de transporte, uniforme de lágrimas, símbolo dos romantismos absurdos, berço dos poemas, figurante das alegrias, amante escura das ondas violentas. Talvez tu sejas apenas eu, esse invólucro de segredos que anseia pela deriva em alto mar.

Minha eterna gratidão ao meu amigo Felippe Angeli, companheiro de garrafas, que me encobriu de epifanias sobre a minha escrita.

Casa da poesia

Mais um gole de vinho, só mais um, e irei. Um único retoque na palavra difícil de pronunciar. Mais um cigarro, seriam apenas cinco minutos, no máximo, se eu estivesse calma. Por que me dilaceras assim, poesia maldita, no átomo iminente que divide o papel com a minha voz?

Esse silêncio, inoportuno, que transita em meus lábios glaciais. Ah, como o olhar dos outros parece destoar de nossa cândida comunhão! Serei capaz de dizer algo depois de presenciar esse estrondoso espetáculo de erros?

Palavras fazem, pois, cócegas dentro de mim. Invadem a corrente sanguínea até as maçãs da face. Irrompem os medos, taciturnos, exaustos da batalha. A língua percorre os versos, inauditos até então, como se eu fosse uma mera escrava, um instrumento juvenil no qual o lirismo pudesse habitar, sem fazer cerimônias.

As mãos deduram o enervamento dos poros. Trêmulas. Infantes. Não se dão conta de que por detrás dos palcos existem palmas silenciosas, cobertas de coragem ontológica.

São apenas dois, três, cinco minutos. É tempo bastante para se alcançar a nueza absoluta, não o mero subterfúgio da carne.

Toda fragilidade é um modo de tocar o mundo, evitando dissolver-se pelos ares – isso eu aprendi tarde demais. A entrega ao Cosmos nos faz saber quais são os nossos verdadeiros contornos. Estamos todos vivenciando nossa intimidade em risco.

Ainda bem.

Seria a poética a nudez primeira das linguagens humanas?

E o planeta, um grande manicômio, à espera de médicos que transladem maneiras de apaziguar os incômodos existenciais, intraduzíveis?

Saraus foram preparados para salvar-nos da lucidez.

Ah, se eu fosse capaz de remontá-los todos, em varais suspensos da memória. Quanta alegria me remetem essas centelhas galácticas de plenitude.

Reencontrar o devaneio morto. Reacender as estranhezas. Doar-se ao inusitado. Compartilhar o amadorismo, tão mais próximo ao viver.

Sem ensaios.

Tudo alimenta e nada faz muito sentido. Uma reunião de pessoas absurdas, obtusas, vaidosas ou plácidas.

Margens de encostas, avenidas possíveis, andares dispersos. Atalhos inviáveis. E tudo brilhando, vívido, sem realeza alguma. Todos são reis, em plena subserviência àquilo que é nítido.

E a noite se aquieta para ouvir, estupefata, os versos hibernados de um sonhador incompreendido. E a noite se aquieta para projetar os lamentos da menina que sorri, ao confessar o amor que perdeu. E a noite se aquieta para dominar a timidez hesitante do arrogante de plateias.

As madrugadas apagam os clichês que temes em te pautar, amada poesia.

Nesses serões, concebidos para ti, nada resta senão a doçura dos gestos, o desanuviar das âncoras.

Plana por essas tardes, germinando o cerne das paixões. Enclausura os pavores que sombreiam a reciprocidade. Deixa o teu seio farto de canções inéditas. Abençoa minha íris para atender ao insólito. Dês a todos os expatriados de quimeras céus excessivamente azuis, como em Lisboa.

A arte é uma casa que resiste às tempestades da vida ordinária. E, por isso, imploro a ti: põe raízes nos meus sonhos, para que eu possa vê-los florescer.

Presságio dos adeuses

O abandono primeiro é a morte do silêncio. Antes do nascimento das cores fartas da aurora, são pássaros a anunciar o desvanecimento da noite. O Sol, pois, é um mero coadjuvante na solidão arquetípica – escura – do poeta. Ah, quanta candura envolve os devaneios uterinos, na impossibilidade de adiar a despedida!

Manuel Bandeira auscultou – ouvido cósmico e maldito – os olhos à espera da carne. Ele estava certo: o olhar antecipa-se ao presente, premeditando inegáveis acontecimentos. Por qual razão se possui um órgão em tamanha desigualdade com o resto do corpo?

E assim aconteceu.

A última lucidez invadia a íris manhã de Carlos. Apressado – como deveriam ser os derradeiros – pôs seu sobretudo de lã marrom por cima do pijama quadriculado, calçou os tênis surrados com as solas quase atingindo a carne da terra, e desceu em direção à padaria.

Bebeu um café demorado, dando goles entorpecidos pela nítida claridade. Nunca havia gostado de presenciar o barulho dos ônibus daquela esquina, tampouco os transeuntes felizes, em plena segunda-feira. Porque, em entardeceres dominicais, estão fecundas todas as promessas. E brutalmente se esvaem, aniquiladas pelos pecados cometidos algumas horas depois. Segundas-feiras são fúnebres para aqueles que sonham.

Comprou o jornal, travestido de rotina. Nenhuma boa notícia permeava o Universo. Sequestros, assaltos. Lixo sensacionalista. Mas o pior de tudo era saber que o jornalismo engolia seu epitáfio na assinatura de seus repórteres.

Carlos deu-se ao direito de não almoçar. As obrigações jaziam frente à sua escolha. Pensou no quanto se sentia privilegiado de ter aquele dia restante. Era azulado – porém, frio – como são as miragens.

No fim da tarde, apareceu no armazém de vinhos. Lá todos o conheciam e o tratavam com certa estima. Ele desconfiava de que fosse apenas o dinheiro depositado, semana após semana. No entanto, quais relações em sua vida não eram emolduradas pelo desconcertante viés das máscaras? Quando houve amor verdadeiro, clichê indigno da poesia?

Saiu de lá com duas garrafas caríssimas. E alguns maços de cigarro – contrabandeados – por terem sabor. Impressionante como até o gosto do tabaco incomoda a política execrável destes tempos.

Abriu a porta de casa. Duas longas voltas na chave, como era de costume. Parecia a primeira vez que aquela mania o acorrentava. Não, Carlos. Nunca mais duas voltas na chave, nunca mais o armazém, nunca mais o café expresso com a xícara manchada de batom da padaria barata, nunca mais saborear a doçura dos céus gelados, vertiginosos de julho.

À fumaça que insiste em sair da sua boca: adeus! Ao gosto frutado do vinho: adeus!

Os dedos estão trôpegos, é o inebriar da madrugada amolecendo os órgãos, exauridos. A saudade começa a arder nos olhos, anuviados. Quando a noite acaba? Como será o ontem, para o louco que se despediu da realidade?

Mário de Sá Carneiro, certa vez, disse a Fernando Pessoa (que acabara de confessar a sua loucura ao melhor amigo) que ele era ainda mais louco, pois não conseguia conservar nem os vícios. Enquanto o poeta maior maldizia seu apreço pelo álcool, como lhe dilacerava a incessante vontade de fumar, Mário de Sá Carneiro se queixava de ser tão louco, mas tão louco, que não tinha nem a organização de um viciado. Para ter vícios, Carlos, é imprescindível o planejamento. E isso calcularia a normalidade de um ser humano?

Desculpe-me por invadir a narrativa. Entendo que a alma siga violenta, sonâmbula, quando é desperta subitamente por um cheiro antigo. Inocentes e libertos somos, por aromas de porão. Ah, inaudita memória que nos atinge e nos expulsa da falsidade ideológica, em posições fetais!

Todavia, Carlos, ao vestir-se de branco, sem mangas, você me abandona. Estou envolta em nós cegos. O presságio navega pelos olhos vazios, sedentos de inspiração. Também eu perdi minhas letras borradas de nanquim. Agora só consigo escrever sob as duras linhas da caligrafia, ordenadas, com destino traçado em obviedade. Nenhuma desistência traz a nobreza dos heróis.

As trilhas nunca amparam aquilo que não foi desbravado – a não ser em seus fins. Acessar o desconhecido, Carlos, submete-nos àquilo que não estamos (e jamais seremos) preparados. Para ficar inúmeras vezes, é preciso partir de nós mesmos. E cabe à familiaridade dizer-nos quando é tempo de cheganças.

Os adeuses, Carlos, podem ser tristes, como a menina que vislumbra seu amado desaparecer enevoado pelas ávidas novidades. Podem ser doces, como a insônia que precede o novo emprego. Podem ser frios, como o féretro que leva o ente querido. Entretanto, talvez seja novidade, todo e qualquer presságio que inaugura sua alma também é matéria onírica para mim.

Reside aqui, na emancipação da miopia, na expulsão da menor quimera, no alívio das lágrimas, quando o gordo sonho ocupa a nossa casa por inteiro.

Render-se ao isolamento, à incompreensão, ao delírio, não fará sua existência mais pertinente que a minha. Somos igualmente afetados pela mediocridade, pelo esquecimento, pelo medo.

Contudo, ao tê-lo ao meu lado, Carlos, neutralizo meus fantasmas. Posso pacificar meus compassos, órfãos. No pequenino interstício que nos une, sinto-me plenamente contornada. Não me deixe só. Eu suplico: edifica-me com o seu desamparo, para que eu possa reverdecer, epifânica.

Amor na estante

A madrugada em solitude se apodera de mim como se não fosse uma estrangeira a invadir os aposentos. Eu a aceito, na feliz condição de quem está no caminho dessa entidade – incompreendida e sobranceira. Já desisti, há muito, de ousar traduzi-la, transpô-la ao cognoscível que sustenta o espírito racional da humanidade.

É no maior dos silêncios que me chegam as palavras. Capturadas de páginas inconclusas ou exigidas de uma memória da qual sou totalmente impotente, elas me cruzam em suas trajetórias irregulares e tardias, translúcidas e calmas.

Que seria de mim se não fossem esses empilhados de papéis nessa hora tão perigosa? Em que umbral me encontraria se não houvesse a existência mágica dos livros na minha jornada? Seres que me permitem inclinar-me aos penhascos para, ao menos, retrair o coração submisso, e admirar o inefável ontológico dos abismos.

Amo-os como jamais fui capaz de calcular. A casca, capa, o invólucro já me são manifestações do pré-amor. Ah, quantos amores são como os livros! Não! Os meus amores todos são livros.

Há os que dão saudades dos personagens e dos quais não me canso de recordar a felicidade extraordinária que proporcionaram suas epifanias brilhantes (e não efêmeras). Quantas lágrimas fugiram de mim, nas últimas linhas... Como sofri, aprendi e temi aquele fim, porque o fim é sempre inevitável.

Quantos livros não descartei nas primeiras folhas: ora por serem ininteligíveis na época, ora por carregarem uma prepotência insustentável. Um sorriso encosta-se aos lábios ao trazer à tona alguns desses homens semianalfabetos!

Houve também as histórias curtas, magras, fáceis de ler. Pouco foram sedimentadas dentro do corpo. Jamais traziam a finalidade de ser abrigo aos bustos construídos em minh'alma. E mais tantos amores-aventuras que poderia mensurar. Quando se gruda o olho à letra, o pulso ao limite até o ponto final. E a invasão serena, mista de alegria e alívio.

Se eu pudesse encaixar os amores nos livros, haveria também os de autoajuda, com suas fórmulas piegas, a náusea de sua previsibilidade e simplórias senhas de felicidade. Também os clássicos, pedantes, flácidos, ensimesmados, mofados e taciturnos que a gente se obriga a ler na frustrante tentativa de pertencimento, de transbordar aos outros nossa biblioteca incorporada.

Sobrará algum livro imorredouro cá dentro, então? Com os olhos do pensamento apertados em nitidez, eis que surge minha resposta: a poesia é o meu único amor que não tem prazo. Porque ela invadiu as fronteiras desta noite com todas as janelas escancaradas às possibilidades. Imortal, com a fulgurância comparável aos fogos de artifício, quando tenho o faiscante espírito em festa. Ela, que me tece em seus retalhos e me dá o sentido desvelado de continuar. Que aniquila o laconismo mundano do choro. A oceânica poesia que me arrebata em segundos, alucina meus poros e me deixa cambiante. Única, retira-me do medonho sonambulismo perambular da ignorância. Que joga a desesperança dos trilhos para longe de mim. Esse foi o derradeiro de todos os meus amores que se perpetuou. O amor que me extrapola em lirismos e resplandeceres, sem nomeá-los de tal forma. Poesia que conflui a soturnidade, a clareza e o mais débil contentamento em verso. És a derradeira permanência neste mundo.

Ontológica ferida

Quando eu me hospedei dentro do próprio corpo, desencontrada forasteira do planeta, ainda não o sabia. Ah, quantas tardes passei a afagar o ventre do pensamento, bólide intruso! Inventei, imbuída, noites intermináveis que se ocupassem da sua hipotética existência. Madrugadas me navegaram, insones, na ânsia do seu encontro. Eu engolia o lancinante espanto de saber-me orquestrada por cicatrizes ontológicas. E sem ao menos tê-lo tocado.

Como vaguei, Quíron, em busca de unguentos para a minha ferida. Seria apenas uma flor que amarelecia a página esquecida? Não. Nenhum estrangeiro está imune aos vestígios.

Sua vinda trouxe-me o enterro das obviedades monótonas. Permitiu que o sonho recém-nascido impulsionasse aquele choro desesperado de quem aterrissa no mundo. E, assim, pude finalmente reverenciar-me à vulnerabilidade, invólucro da sabedoria.

A pele estará sempre rasgada pelo perceptível. Entre as vísceras, pousa uma flecha em concretude. O coração é, dia após dia, envenenado pelo terreno oxigênio. Contudo, não há devaneio que seja esmagado por tirânicas verdades.

Nos séculos que precederam sua chegada, a fragilidade não alimentou a minha carne. Senti-me dúbia, incoerente, solitária. Como se eu, enclausurada nesse corpo, abrigasse o síncrono. Cavalo e mulher.

Aos deuses, aplausos. Fui abençoada com o fardo incurável das palavras. As mãos seladas ao sangue que jorra em melodia. Nenhuma tristeza me apunhala senão em versos. Irônica, a cura se materializa na desistência da imortalidade. A ambiguidade elíptica me sorri. Sóbria. Louca. Inconclusa.

Leva-me consigo, asteroide errante? Captura meu cansaço em seus domínios, no ínfimo espaço que há entre Saturno e Urano. Não tenho medo, no escuro de mim. Apavora-me mais a mansuetude dos olhos, rígidos, cárceres da realidade. Estou farta de sepultar quimeras.

Epifanias cadentes

"Por epifania entendia uma súbita manifestação espiritual, tanto na vulgaridade da fala ou do gesto, quanto numa frase memorável da própria mente. Acreditava ser função do homem de letras registrar essas epifanias com extremo cuidado, visto serem elas os momentos mais delicados e evanescentes".

James Joyce in "Stephen Hero", primeiro ensaio escrito para o *Retrato do Artista quando Jovem*.

Perdia-me, sempre, em gordas horas de reflexão. Buscava, arrogante, pelo ainda inominável. O que não foi desvelado à espécie? Quais inovações posso trazer para a literatura? Que florestas do pensar ainda estão virgens para as minhas palavras? Como poderei desembravecer as feras poéticas que me habitam e que sufocam a minha inteligência?

Assim, quem sabe, haveria de me tornar grande. Única.

Enquanto eu procurava pelas originalidades inviáveis, ia negligenciando grande parte das minúsculas luminescências que carregam os instantes. Esquecia-me dos segundos de claridade que contêm uma alegria efêmera. Redonda. E nunca menos densa.

Esses rasteiros e silenciosos lampejos, agora, impedem-me de cair em obtusidades mesquinhas. Alerta ao instantâneo, posso colher as imagens mais ricas. Uma conversa despretensiosa transforma-se em sopro criador. Afinal, são as choupanas que trazem a sabedoria da escrita ao espírito. Todo palácio é prolixo.

Se a mente perpetua-se em vigília, há inesgotáveis manifestações dessas harmonias anãs. Ah, que prazer superior foi sentir o cheiro da casa natal, vindo incandescente na distração de um sonhar vagabundo! Pertencimento infante que toma o corpo mais uma vez. Jorra a bela lembrança do brincar. Época em que os esconderijos, uterinos, guardavam amigos imaginários e devaneios de boneca.

Às vezes, aconteceu de abrir o livro amarelecido, envolto em poeira e herança familiar. A página, aberta aleatoriamente, tem cravada em si a letra incorrigível da avó, falecida há anos. Neste momento, há uma capacidade de se confrontar com frases em carne viva. Algum cerne do viver. A jornada anciã pertence, finalmente, ao seu destino. A comunhão supera a intransponível passagem da morte.

Quando turista também pude me deparar com esse ínfimo alumbramento. Perdida, enfurecida, desnorteada. Todavia, ao enxergar uma viela, uma praça fora do mapa, uma árvore ou, quiçá, uma esquina, fui coberta pelo improvável sorriso. Se estivesse atenta, soberana, jamais avistaria esses segredos. Boas viagens não se documentam por cartões postais.

Hoje, por exemplo, vivenciei o inescrutável sentimento de compaixão frente à dor de uma personagem. Quando as lágrimas resplandecem um sofrimento coletivo e invariavelmente humano. E como isso já me foi trivial! Quão inútil pode-se entender a cumplicidade.

Nos últimos dias estou mais desperta para o vagalumear da existência. Abandonei as grandiosas fontes de inspiração. Aprecio o entristecer crepuscular dos olhos. Porque a noite é grande e escura e límpida demais para a pequenez da minha alma. Quero amanhecer em sobriedade com detalhes inoportunos. Irrelevantes. Qualquer vão acontecimento desabrocha a poesia, antes de fenecê-la.

Tenho pautado meus cadernos naquilo que é momentâneo. E observo que a plenitude tem sido a melhor hóspede. Depois de tragar a humildade para dentro dos pulmões, o coração está livre. Quando digo adeus às inúteis tentativas de imensidão, uma tempestade de centelhas incontornáveis vem visitar-me. O verso já pode compor sua força nos limites. Só por causa delas, as epifanias cadentes.

Semeando constelações

Já se encontrava farta de tudo aquilo que vivera: as conversas enfadonhas com as amigas, a rotina tediosa do trabalho, os forjados jantares familiares. Sua existência se enrolara em não mais sentir. Porque as dores são pássaros ininterruptos do cantar.

Abrigara a estranheza solitária de traduzir o mundo em versos. E nada lhe era mais assustador que aquela sina. A poesia não vem para salvar a humanidade de anseios suicidas, mas para relembrar as mortes diárias da carne, frente ao espírito.

Perguntava a si mesma se havia outra saída que não envolvesse pulsos exangues ou entrada no sanatório. Entressonhava, louca, as possíveis resoluções para a sua grotesca enfermidade. Quem se olha em poesia não possui lugar no planeta autoajuda. Tampouco é permitido sair ilesa das convencionalidades sociais.

Havia, sobretudo, um otimismo tolo que a seguia nos despertares. E ela ia, por masoquismo, tomando duras punhaladas de mesmice, durante manhãs inconfessáveis. Engolia doses e mais doses entrecortadas de ignorância. Pensava-se mártir, àquela altura, consentindo estigmas em prol de algo que lhe era maior, mais forte. Divindades do existir, pensava. O ônus que se paga pelos jardins do sentimento.

Os meses seguintes foram levando a sua lucidez. Os lábios clamavam só por cálices encarnados de vinho. O convívio com seres de carne e osso fora deteriorado por inteiro. Ela desvanecia, dia após dia, da sua condição irrisória. Ao mesmo tempo, suas palavras também iam perdendo potências. Esvaziavam-se em rascunhos mesquinhos. Todo segundo transfigurava-se em logomaquias.

A mulher, contudo, tinha uma sabedoria infantil de respostas. Aceitava o implacável prenúncio dos parágrafos. As imagens insurgiam como o perfume de damas-da-noite. A concretização, todavia, esperneava. Ensandecida por cheiros de pele. Insubordinada às inúteis tentativas do isolamento.

Apenas em confluência com outro ser humano é permitido sonhar. A inadequação – natural – não pode tocar o absoluto. Nenhuma ilha alimenta-se de oceanos. Somos, ainda, reféns de cumplicidades.

Como lhe irritava saber de sua condição! Obrigada a engajar-se, outra vez, em um universo que a havia deitado fora. E agora – para que seus dizeres atingissem o imperecível – abdicaria de sua excentricidade gloriosa. Tornara-se caçadora de convergências humanas.

A tarefa, dificílima, rendeu-lhe quilos de maquiagem e roupas importadas. Entretanto, por mais esforços que empreendesse, mais fracassos colecionava. A busca, indispensável para a sua literatura, transformou-se em fardo intransponível.

Os assombros poéticos, concomitantemente, afligiam-na nos sonhos e nas horas de vigília. Os dedos, exaustos, reuniam-se aos seus apelos. As inspirações rebelavam-se, pungentes. E a aversão aos seres mundanos se agravava. O esforço convertia-se em repúdio. Atrofia.

Empertigada, decidiu que a morte desenhava a melhor de todas as ideias. Não a vislumbrava como covardia, mas como intrepidez absoluta de quem havia tentado. Às vésperas de dar cabo ao sofrimento indizível que tece todas as escuridões, aceitou a companhia de um velho conhecido. Convidou-o para passar a madrugada com ela. Ele a endereçou um esquisito olhar que dialogava – indecente – com suas doçuras moribundas.

O autor, nitidamente, nada compreendia dos seus dizeres esquizofrênicos. Não traduzia suas falas com borboletas, nem relutava diante das suas asperezas. Entretanto, ele bebia, voraz, tudo aquilo que ela havia refletido. Ele apenas a confortava com palavras. Mesmo escritas, era uma voz humana que inundava os sorrisos da moça. Às vezes, os livros são mais velozes do que estrelas cadentes. E a noite pôde repousar seu sono no monólogo dela.

Vergonhosa de sentir tais obviedades, ela conseguiu suspirar em calmaria. Grávida de périplos e roteiros que fantasiou para as novas personagens. O que se seguiu foi a descoberta mais latente de sua vida: ao incutir a repartição, soube-se plenitude. Esse amor que mantemos pelos seres inexistentes. Com todos os seus truísmos literários, assentia mais uma vitória. Um verdadeiro semeador de constelações.

Onde vivem os dons

*"Se um dia me arriscar num outro lugar,
hei-de levar comigo a estrada
que não me deixa sair de mim".*

Mia Couto in *Terra Sonâmbula*.

Há semanas, procuro uma resposta. Na verdade, sei que as respostas são ínfimas, fragmentadas na cosmologia dos pensamentos. Não há nada nelas que assossegue o ser. Assim mesmo, sonho com o seu vulto lampejando a alma em epifanias.

Onde moram os dons? – questionava-me. Quando eles são despertos? Cada pessoa abriga dentro de si uma indelével cicatriz da arte? Somos todos convidados, bem-vindos para acordar em sua cama? Há sinais suficientemente claros para que a vigília nos possua? É possível viver em letargia? Existirá dor maior do que o hibernar de uma vida inteira?

Nenhuma resolução foi a mim concedida, desde que todas essas interrogativas passaram a povoar minha escrita. Então decidi ir atrás daquilo que me era palpável: os vígeis.

Não foi necessário pensar muito. Em poucos segundos, já existia uma pessoa reverberando em mim: meu amigo músico Flavio Tris. Ele concordou em me receber para uma entrevista, sem questionar a minha motivação.

 E lá estava ele. Pronto para as minhas loucas perguntas naquela quarta-feira insuportavelmente ensolarada. Quis ser cronológica, para investigar sua meninice primeiro. Verificar, meticulosa, todos os espaços que me trariam algum conforto. Sábio, meu entrevistado soube lidar com as minhas aflições. E respondeu a cada pergunta como se revisitasse sua estrada musical.

 O hospedeiro, então infante, ainda nada sabia sobre seu destino. Contudo, tinha as mãos pousadas no piano. Por mais que as referências parentais gritassem a sua jornada, ele parecia alheio a qualquer tipo de determinismo. Talvez fosse a certeza do reencontro. Mia Couto já advertia: *"Em criança não nos despedimos dos lugares. Pensamos que voltamos sempre. Acreditamos que nunca é a última vez"*.

 As aulas de piano não vociferaram seu chamado. Pelo contrário. Era quando acabavam que o menino mais tinha vontade de tocar. A desobediência eu já conhecia: todo dom é insubordinado.

 Depois, veio o violão. Sem nunca uma aula ter feito parte dessa parceria. Na adolescência, as cordas, associadas às aulas de gramática, trouxeram o sabor primeiro dos grandes músicos brasileiros.

 No entanto, a arte lhe seria um fardo insultuoso: todos os seus irmãos já navegavam por esses oceanos marginais. Assim, ele optou pelo Direito. *"Fui ser 'normal' e aliviar minha família"*, disse-me. *"Acreditava que a carreira seria uma ferramenta de transformação social, além de o futuro ser rentável e sólido".*

A música, pois, não deixaria Flavio em paz. Mais tarde, no recolhimento solitário, ilhado pela melancolia amorosa do intercâmbio linguístico em Montpellier, ela o abraçaria e o tornaria arredondado. Terapêutica.

Foi num desses diálogos silenciosos que ele tomou gosto pelas incertezas. *"Passei a elogiar os mistérios da vida em minhas canções".* Esse reinado de possibilidades, a abertura de janelas, infinidade de caminhos. A imersão no vazio fértil o estimulava. E o olhar surpreso ia invadindo as paisagens francesas e a obra do artista.

A metamorfose da voz também se ofereceu em ontologias. É o caso de "Brisa Boa, Vento Leve". O amor já não povoava suas composições: *"O compor foi se modificando, alcançando minhas percepções vitais. Tocar a natureza. Buscar um lirismo para enovelar situações corriqueiras".*

A arte é uma casa que resiste às tempestades da vida mundana. E não é coragem, frente ao destino. Flavio permitiu a si regressar àquilo que já na infância fora dito. Abandonou o terno e renasceu, rebatizando-se. Veio o Tris: *"Há uma ambiguidade na minha escolha. Tris é parte do sobrenome de minha mãe. Tris remete a triz. Tris me leva à triade: somos três músicos. O Maurício Maas, no acordeon e percuteria, e o Tchelo Nunes no violino e baixo elétrico".*

E eu não perdi a oportunidade de provocá-lo: *"Dá muito medo? Largar o pontilhar certeiro do seu sucesso na advocacia para a inesperada condição da música?".* Ele nem titubeou: *"Meu medo de não tentar seguir o chamado é muito maior. Tenho certeza de que iria me frustrar, caso permanecesse vivendo nos moldes sociais que me impus".*

Deambulei, inerte por aqueles dizeres familiares. Era o peremptório apossando-se de mim. Porque a arte, se não tem espaço para a florescência, inflama a pele. O dom, como a loucura, fica à espera de um cisco que o acorde.

Mergulhei em silêncios no meio da entrevista. Não havia mais nenhum assunto a ser explanado. Nada mais importava. A confluência: era a vida dele sendo recordada; era a minha vida sendo preenchida em improvisos. Nessas horas, o coração se agiganta.

Ali, aconchegada pela melodia, todos os devaneios de orfandade iam para o exílio. Extintos. Quando a arte nos atinge, não adianta mais tentar arrancar os brancos fios, enluarados. Há de se aceitar a ancestralidade libertária, como as árvores que assumem ser berço dos passarinhos.

P.s.: Quem já ouviu o Flavio, compreende a invasão prenunciada do vício: como a dor que dá a leitura das últimas linhas de um livro sublime, a gente torce para que a madrugada se enlace ao infinito. E que imponha aos nossos ouvidos ateus a condição de estar atentos: por favor, não percam as notas na desmemória!

Corrigindo a vida

Há temor maior que a abertura de um livro? A surdez que antecede o espasmo. Aquele momento fugidio – para tantos sem nenhuma importância – em que se dilacera a capa? Existe alguma taquicardia superior ao deflorar açucarado desse rompimento?

Pois bem, eu cresci sentindo essa emoção. Cada página mergulhada foi-me mais importante do que beijo de namorada. Por muito tempo, senti-me um estrangeiro de mim mesmo, um foragido do planeta, caminhante de muletas.

Olho hoje para tudo o que se considera mundo e me choco. Agora, agora que tenho pessoas em minha posse, agora que há relações verdadeiramente humanas pulsando dentro das minhas emoções, questiono-me sobre meu teórico aprisionamento.

As pessoas que passam por mim – ao contrário de meus esféricos personagens de outrora – são cartões postais de si mesmas. Paisagens magistrais, mentiras fotográficas, sóis em brasa sem luz alguma. Todos com um estarrecedor medo de viver.

Empiricamente, vejo que não há depressão, bipolaridade, ansiedade ou esquizofrenia. A maior patologia de todos é a própria vida. Pavor ao câncer, ódio à pobreza, ojeriza à criminalidade. Medo de matar, medo de morrer, medo da loucura, medo de desvelar a verdade. Medo do adoecer. E é tão devastador esse medo de viver que o temor torna-se invólucro do enfermo. E morre-se de tanto se pensar na iminência dos perigos.

Dir-nos-ia o mestre Guimarães Rosa que viver é muito perigoso. Quantas vezes fui acusado de covarde, por ter escolhido a literatura! Eu? Eu que naveguei por abismos impossíveis, por angústias algemadas. Eu que não recolhi os pulsos, para não esconder os queloides do suicídio fracassado. Eu que dormi ao relento, acompanhado de seres inumanos. Fui, inerte, o grande protagonista dos anoiteceres da alma! Eu e os meus autores. Testemunha da única verdade. Porque escrever é ter a nudez tatuada.

Em minha casa não entra ninguém que não tenha sido convidado. Na minha cama só há espaço para volúpias. As mulheres dos meus devaneios têm lábios mais maduros e seios desprovidos de consertos mesquinhos. As páginas engravidam-me de vocabulários e sonhos e sentidos redondos. Às vezes, eu declamo minha cumplicidade para impregnar minha sala de amarelecidas fumaças. Inebrio-me com o gosto mofado dos anos. E durmo tranquilo porque o amanhã me reserva o inefável.

Sim. Eu só posso ser o farol que se arrisca frente às tempestades porque me nutri em coragens escritas. E saio pelos papéis pulverizando insanidades e encorajando mentecaptos. No entanto, há mais veracidade em mim. Eu, Scott Johnson, temerário analfabeto da vida. Afinal, quem é letrado em viver? Vocês, com suas fobias, suas alergias ao oxigênio? Vocês, mais sujos que os mendigos? Mais vis que as meretrizes? Vocês, atordoados por ressacas morais! Por inúteis amnésias alcoólicas? Com o receio tedioso de soltar o ignóbil que os corrói por dentro?

Vocês, agorafóbicos que são! Ressecados pelo horror à chuva. Invencioneiros sem bússola. Infames pelas próprias castidades. Como se os deuses estivessem preocupados com seus pecados mínimos. Acham mesmo que os deuses explanam a pureza?

Eu cresci com os mitômanos abençoados. Homens e mulheres que corrigiram a vida por meio de suas inventivas narrações. Delirantes, fracos, derrotados. Imperfeitos. Mas que puderam transmitir esse impalpável fiapo. Que cicatrizaram sua inconsciência ao tecer oraculares linhas em sinceridade. Porque o outro, espelho do avesso, anestesia todas as essências. E é a literatura – de quem lê e de quem aceita ser hospedeiro – a mãe das nossas terras.

Parem! Chega dessa repulsa a mim! Eu, como todos aqueles que descobrem os signos dessa humanidade, sou incapaz de dissimular. Transparente como são todas as infâncias. Descrevo minhas mazelas. Rasuro-me. Reviso-me. E sei. Jamais abrigarei o ponto final.

O menino

Encontrei outro dia um menino que me fitou com cumplicidade secular. Tem a pele branca. Cabelos ralos, castanhos. A vulgaridade do azul não toca seu olhar. Porque muito pouco interfere na beleza improvável da sua íris.

O azul dos olhos do menino é rigorosamente secreto. Está todo envolto em silêncios. O azul dos olhos do menino são portas abertas para uma solidão em clausura. São aquários inabitados que ainda sonham com peixes. Brutalmente dócil.

O menino contou-me sobre a melancolia que o dilacera por não ter companhia nas manhãs frias da sua terra. A neve o faz desencontrado de quimeras.

Abandonado pelos pais – trabalhadores desavisados dos fantasmas da infância – o menino sonha com companhias imaginadas. E, ao se saber criador do seu universo, sofre. Um mero afago o faria doar aos órfãos toda a sua capacidade de inventar.

Até o ouvinte menos atencioso seria petrificado pela amargura de seus dizeres: a gente tem vontade de entregar toda a alegria ao seu futuro passado.

O que o menino não sabe agora é que as feridas são depurações da nossa alma. Atrás das queimaduras há epidermes rosadas. Seu duro aprendizado fará dele um melhor pai. Ele terá a família sempre à mesa.

No cerne das suas lágrimas há uma liberdade, uma anárquica chance de construir o seu destino. Para além dos traumas irreversíveis existem horizontes de mar.

Eu, como não pude dizer nada disso ao menino, escrevo para elaborar a minha angústia de ter sido feliz. Com muito medo de que essa felicidade desesperadora me impeça de poder escolher meus trilhos também. Porque só a tristeza é senhora do mudar.

Senti, finalmente, a inveja pesada: não dos seus olhos azuis, mas da minha comiseração. Porque a cicatriz é a única pele que conta uma história. E são as histórias que nos impedem de cair no esquecimento.

Enquanto isso, o menino espera a noite acabar para certificar-se de que não havia bicho-papão. E, sem se dar conta, o menino estará condenado a amar a noite mais do que todas as mulheres de sua vida.

Eu queria dar-lhe, menino, saudades de balanço. Roubar lindas palavras como se roubam flores. Só que as flores são deveras sentimentais para acalentar seu espírito. Eu queria furtar sonhos de cantigas de ninar. Mas nós dois conjugamos a língua das fábulas.

Compreendo, por fim, o sentido último do nosso estranho reconhecimento. Você é uma narrativa que não pode morrer como as suas esperanças, ao final de cada tarde. E isso eu posso fazer. Escrever-lhe.

Sobre cata-ventos

Estou farta da escrita rebuscada. Alheia às difíceis palavras adultas, às jornadas maduras, à literatura anciã. Eu só quero, esta noite, estar no colo de uma poesia-criança que ensope os devaneios em simplicidade.

Luto árdua e diariamente contra tudo o que carregue etiquetas. Muitas vezes, a batalha é desleal, posto que creio no efeito das dificuldades. Só que agora me dei conta – porque sou uma pessoa perlongada – de que nada vale poeticamente senão em nudez absoluta. A sabedoria é crudívora.

A poesia verdadeira mora em minha casa de bonecas. Seus versos miudinhos têm dedos curtos demais para acertar uma trança em simetria. No entanto, ela alcança com precisão os nós dos cadarços coloridos.

Suas estrofes são floreadas por estalos, brotos de maria-sem-vergonha. Têm olhos descerrados, rebentos. Como se a inocência tivesse sido violada por outonais crepúsculos. E, ao mesmo tempo, está acorrentada à dor infante da eternidade.

Ela anda a embebedar-me em longínquas viagens pelo chão do quarto. Para meu espanto de gente grande, não há silêncio ou solidão que a incomode. É, ao contrário, parte dos cenários, eixo dos castelos, essência dos bichos inventados. Porque não é trânsfuga da sua condição. Esses medos não habitam os hemisférios pueris. Brincar desacompanhado é cata-vento. Só é preciso um sopro para existir vida.

Procuro perscrutar o que a poesia menina balbucia. E ela não responde, mas açucara as minhas imagens. Depois, exausta de perder-se em bosques intransponíveis, adormece. Prefere dormir com o estrepitar da chuva. Não pela obviedade do ninar – essa melodia lugar-comum –, mas porque sabe que na chuva há companhia para atravessar os escuros.

Vejo-a resfolegar o mundo onírico. Descubro sua pele. Ela está repleta de machucados azuis. Aqueles que se aperta com prazer para recordar-se de que algumas dores são doces. E que, passado um segundo, não doem mais.

Tento tocá-la. Imediatamente, esquivo-me. Sinto-me desguarnecida. A meninice poética assusta mais do que o espectro do envelhecer. Assim, ela escorrega de mim em cambalhotas e carrosséis. Eu aceito sem questionar. Pois sei. O dia em que meu escrever atravessar o oráculo da infância, estarei pronta para deixá-lo.

Apurar a pureza clandestina

Perdoem-me os inquilinos do Sol, ávidos de manhãs. O relinchar dos pássaros é-me alergia. Porque não há nada nas auroras que seja límpido: a claridade espanta cruelmente as purezas da terra. O olhar, quando puro, é sempre acompanhado de escuridão. Os crepúsculos, cavaleiros impiedosos, anunciam que a Majestade se aconchega. Incapaz de ser contaminada pelo brilhantismo mesquinho dos diamantes.

A poesia dificilmente nasce resplandecente. Porque a terra é sempre castanha. Os porões não são senão iluminados por velas. Epifanias são cegas. Essa singela atmosfera primaveril – lugar-comum dos sonhos! – é insuportável para as meditações.

Eu confesso. Prefiro as feridas abertas à espera das crostas. Quando o sangue ainda está vivo percebe-se melhor a dor. Quando a vermelhidão jaz não se pode alcançar a nova pele. Posterga-se o futuro. Encolhe-se a liquidez frente à incerteza do porvir. Contudo, a escolha dos corpos pelas côdeas não é aleatória. Serve de abrigo para a epidérmica purificação clandestina. Revigora as chances de renascer outras carnes.

E é sobre a ilegitimidade da vida que se deve falar. Ah, penosas imigrações solitárias! Quando a boca aprecia, estupefata, o vinho que foi servido em chávena. A morte das uvas só é evidenciada nas faces transparentes dos cálices. Quando ocultado pela porcelana, é irrevogável. Alcoólicas farpas pulsam dentro de nós. A alegria indizível, infantil, daquilo que não nos é permitido.

    Ao pular os muros regulamentados, o mundo liberta os matizes da humanidade. Os pecados, a culpa católica! Tudo sendo dissolvido num depurar bastardo. As mais belas vozes são trêmulas, embriagadas. Violadas dos preceitos religiosos. Das convenções, manuais dos errantes, leva-se a certeza das infrações. Os ritos suntuosos só espelham solenes lavagens cerebrais.

    Nos segredos tortuosos, nas intimidades sujas, nas coléricas madrugadas fazem-se palavras. A imundície é o verdadeiro palco dos versos. Só esconjurando Deus é possível emancipar-se. A viuvez primeira de se saber fraco. Diligência em saber-se erro. Estar alerta, consentâneo. Descortinado. Insanável, como tudo aquilo que comunga os silêncios.

Avessos

Há exatas três semanas ganhei um presente musical. Convidada por uma querida amiga do mestrado, fui prestigiar o talento e a leveza de Ceumar. Infelizmente, não foi ontem. Não me encontro imediatamente no dia consecutivo àquela noite deliciosa. O olhar tilintou há mais tempo, aveludada ternura. Mas a nitidez da lembrança é hoje. Guardo debaixo de frágeis cadeados de brinquedo. E reservo o deleite com lentes do agora. Porque o momento é vívido hoje.

Sentamo-nos tímidas, minha amiga e eu, na multidão de fantasmas silenciosos. Confesso, apesar da inelutável melancolia do vazio, embriaguei-me com goles de orgulho, por fazer parte daquela pequenina plateia.

Foram algumas horas, apenas. Um enxerto na alma, diria. Mais os olhos meio verde-amarelo, a aura azul. Um transbordamento de estrelas formigantes. O corpo todo cheio de gratidão.

A voz dela enlevada pelo timbre dos risos. Íntima, seu enredo cobria-nos de pijamas perfumados em tangerina. "Conta suas histórias!" – dizia o público, abobadado em doçura. "Conta-nos sobre os rabos de cometa". Éramos sábios hedonistas a saboreá-la.

E veio a canção inesperada: *"Por isso deixo aqui meu endereço, se você me procurar eu apareço. Se você me encontrar, te reconheço"*. A letra, da poeta Alice Ruiz, é fruto de um mapa astral. Ela reconheceu a cantora em seu avesso cósmico. Ceumar explica, pois, com pureza de vagalume: muitos já se apropriaram da música, acreditando tratar-se de amor.

    Desvaneci-me naqueles segundos. Porque minha obviedade já havia tomado aquelas notas também. Era a banda sonora mais perfeita para definir a cumplicidade que carrego aqui dentro. Envergonhei-me, enfim, pelo sutil desdém que foi soprado. No entanto, como a perseverança é senhora em mim, não pude deixar para trás os devaneios.

    O amor não dá certo em seu complementar. Em quase todos os casos, torna-se patológico. É uma grande heresia acreditar que os opostos vivem felizes para sempre. As extremidades são grandes estátuas, quando a sincronicidade brinca com seus caminhos. O avesso, pelo contrário, é feito da mesma estampa.

    Amar alguém é avesso de mim. Um dos dois precisa carregar uma felicidade insuportável dentro de si, que transborda e nos afoga com ela. Eu, todavia, sou das lágrimas. Tenho apreço por águas mais salgadas. Sou náufraga de um périplo menos colorido. Prefiro quando não dá pé.

    Meu amor não poderia estar nos rios ou cachoeiras. Preciso dele perto, a tecer enormes castelos de areia. Sempre na praia, agasalhado por sonhos primaveris. Um amor que invente personagens com plumas e que odeie a morbidez fria. Eu sou toda voragem. Acredito piamente na lucidez das sombras.

Prefiro as madrugadas. Meu avesso necessita ser súdito do dia. Só que, entre o céu e o mar, somos cúmplices. Desertamos as grandes fortunas. Abdicamos os feudos. Imensos desfiladeiros abrem-se para mim, a cada noite em que ele me deixa seu endereço.

Queremos muito espaço para divagar sobre cavalos alados. Por isso, convidamos alguns peixes. Eles embarcam em nossas sintonias pelos mares. Uma elite de entidades foi convocada para levar nossos recados. É engraçado isso – só o avesso tem telepatia.

Poderia passar horas infindas justificando meu ponto de vista. Mas aprendi com meu amor a guardar. Não sublimar ou negligenciar. É simplesmente arcano.

Silencio nossos segredos. Entretanto, maravilhada com a ideia de avesso. Esse amor, do outro lado, trouxe a urgência dos versos de volta para mim. Como é linda a simplicidade do tecido! Porque eu era sonâmbula antes dele. Reverberava sonos que não recolhiam.

A voz de Ceumar estava, por fim, errada. As minhas fantasias estavam com as costuras expostas.

Aletheia

    Eu ainda era um coração permeado pela infantilidade. Um jovem coração que não havia sangrado. Absorto em ilusões e incontáveis errâncias. Limítrofe de mim e da magnitude mundana. Um protótipo alojado junto ao peito e mais nada. Nem ao menos pressentia o terrível fim da autêntica ignorância. Involuntário desligamento da infância, pobre coração. Até que a poesia menstruou. Estava entornada por todas as esquinas do pensamento. Impetuosidade e fúria. A fluidez atingia as têmporas, embasbacadas. E eu, o coração, senti-me velho. Estupefato da liquidez. Ah! Como doeu a sofreguidão daqueles versos!
    E foi com gulodice que devorei um livro inteiro. E outro. E mais um. A biblioteca mudara-se para o quarto. Baudelaire, Rimbaud, Pessoa, Manoel de Barros, Cecília Meireles, Vinicius, Florbela Espanca, Camões! Quantas personalidades entravam e evanesciam em mim. Eram tantas paixões ao mesmo tempo. O palpitante coração não podia declamar juras de fidelidade. Em meu lirismo não havia monogamia. Li, decorei, recitei. Chorei com eles as amarguras. Vivi os malogros dos malditos como se a própria carne estivesse afundada em insucessos.

Depois me ri, fortalecida em rimas. Doravante. Havia tanto ainda para ser lido.

As circunstâncias ajudaram, não há dúvidas. Desamores, culpas, contragostos, cóleras. A alma perdera a guerra contra os sentimentos. E os poetas terapeutas auxiliaram-me na reconstrução da morada. Retiraram a cegueira estúpida do mundo: *"Vamos adiante, menina! Às vezes, quanto mais duro o caminhar, mais belas são as palavras. Os poços, enigmáticos abismos do ser, só nos fortalecem"*.

Eu me senti tão pequenina perto dos dizeres daqueles mestres, meu Deus. Impossibilitada de voltar à minha pátria. Por osmose, cumplicidade ou arrogância: eu simplesmente já era como eles.

Quantas vezes fui salva! Quantas noites a loucura bateu à minha porta. E vinha a leitura, exorcizando entidades inferiores. Eu os evoquei tanto. Invocados foram, para dar quentura à minha cama.

Aconteceram também os desertos. Não houve aridez ou secura que não pudesse ser atravessada, quando um abraço entrelaçava um maestro das letras. Pude doar um poema para cada entrave da jornada. Sobrevivi, por tê-los em mãos, às bofetadas, oceanos do lamento. Venci a esterilidade com estrofes.

Fui para muito longe, fugitiva das intrincadas fomes inumanas. Corri dos padres que ensinam filosofia. Ignorei os assassinos da literatura. E pude voltar a ser pueril. Fui batizada, afinal, por oníricas canções. Desmedida, estudei as forças de meus artífices. Hoje conheço cada nota escrita de cor. Em saraus, espanto as cinzas, os fantasmas da utilidade. Afugento quaisquer necessidades. Transmutada estou em nulidade pura. Nem tudo se converte. Nem tudo pode ser calculado!

    Vim provar o quanto a poesia pode modificar uma pessoa. A gente pode se sentir menos esquisita. Falta-nos coragem. Um poema pode nos lembrar: não há apenas o sagrado! Somos multívagos, somos doidos, somos trôpegos!

    Para aceitar é preciso ter os ombros extravagantes. Nus. O sentir não nos é comedido! Somos cintilantes, pulsantes fragmentos. Há em nós a fugidia herança dos animais.

    Outrora, neguei o meu destino. Hoje escrevo também. Muitas vezes, por achar meu universo triste e inevitavelmente imerso em superficialidades mesquinhas. A imagem poética me salva do planeta. E o planeta? Ele retorna a mim em delicadezas e nuances. Tênue e colorido. Eu o construo com as minhas memórias. Ninguém vive daquilo que é. Viver é fictício. O olhar, não se iludam, é intencional. A história não passa de um conjunto de egoístas interpretações. Sendo assim, meu firmamento etéreo sublima a imensidão imponente da suposta realidade.

Quando as velas se apagam

Eu carrego um sonho em meu ventre. É tão belo e tão grande, que ultimamente tenho dificuldade em caminhar. Minha alma está toda imbuída dele. Por vezes, sinto que não devo falar sobre isso às pessoas. Guardei-o até esse instante como um desejo de aniversário. Ninguém pode saber, senão não se realiza.

As velas do meu bolo já estão apagadas. Não dá mais para sentir o delicioso exalar da parafina. Decido, pois, ser a hora de confessar. Não sinto que energias diabólicas sejam capazes de infiltrar-se nessa minha curta encarnação.

O inescrutável sonho meu é um devaneio de livro. Quero transformar minha virtual existência em um bloco de capa dura, contornos leves, páginas com orelhas.

Essa escrita que serei não contém um romance com personagens redondos. Não sou Machado nem Guimarães. É qualquer coisa que navega mais solta, mais inconsciente e, quiçá, dantesca. Posso não chegar às cem páginas. Volume significa profundidade?

Fiz um ninho para esse meu livro. São inúmeras cordas de violão. Contudo, há uma maciez-algodão-doce na concepção do berço que possibilitou às cordas deitarem-se tenras. Tive o auxílio de um músico maestro, na construção da morada. Ele as deflorou por mil anos, até que elas atingissem a maturidade dos humildes. Como soam bonitas, as notas de meu leito inventado!

Eu pouso sobre o refúgio arquitetado para as minhas letras. Acaricio as palavras com o calor de Juquehy, numa tarde inesperada de maio.

Pouco a pouco, vou me transfigurando. Sinto o sabor das árvores nos pés. Um papel opaco, grosso. E tão cheio de vida! A tinta está tatuando-me inteira. Acordo a cada manhã com mais e mais versos nas mãos. Não é difícil reparar a encarnada cor em minha aparência. Meu mundo todo tingido de vermelho escuro. Néctar de uva, face rosada dos enólogos.

Que Deus ilumine minhas divagações! Meu Deus, ponha em meu caminho o espírito altivo do poeta das lesmas. Permita-me ser batizada nos mares da claridade. Na transparência insuportável de Clarice.

Se um dia puder ensaiar sorrisos nos lábios de alguém, aí terei alcançado a integridade. Se eu for capaz de recordar uma só pessoa! A minha poesia também é de pouca modéstia. Anseia lágrimas. Vislumbra só um leitor em comunhão com as minhas cóleras. As minhas confissões deixando de ser minhas, agarrando as unhas cósmicas da Humanidade.

Nesse dia, quando estiver enfim nascida, experimentarei a embriaguez primeira. Serei a única ébria pronta para a morte. E repousarei meu epitáfio no interior da livraria.

Remanso

Sempre me senti dona de uma esperteza inegável. Desde pequenina, estava eu, de pijamas ou de tranças, metida nas conversas adultas dos amigos de meus pais. Todavia, hoje eu me olho e me sinto frágil. Precária. Capaz de entrever meus ossos esmigalhados, em um tilintar de segundos. Não sei de onde tirei a estúpida ideia de ser espevitada...

Hoje ouvi ondas e esbocei um imenso sorriso. Era apenas a máquina de lavar, companheira heroica da minha jornada. Pois é, estou viciada em limpar minhas roupas. E sei que isso tem total relação com a regeneração da pele. Lavar dá toda uma nova possibilidade para a roupa existir, sem vestígios de passado incrustados na superfície. E eu sou eternamente o vestido, a meia e a camisa.

Tudo tem sido difícil e tudo me tem sido sozinho. Absolutamente por escolha irremissível de meu coração. Ou por altivez da minha alma. Temos conversado muito a respeito de minhas atitudes. Não falamos em conclusão até o presente instante. Eu agradeço ao poder divino do ainda não, desta vez. Porque estar em contato com respostas faria com que me sentisse detestável.

Seria capaz de enfartar o fenomenólogo coração que carrego atrás do seio.

A solitude, como me disse um dia um grande amigo de infância, é composta de solidão com plenitude. Miserável sou, ao não conseguir de forma alguma alcançar essa tranquilidade. Tenho vivido dias e noites "de cão"! Aliás, o entendimento dessa expressão é-me impossível de ser tocado. Meus dedos se recolhem, quando pensam nela. Os cães, ao não pensar em si mesmos, vivem a reluzente euforia da ignorância. Só os humanos têm ciclos infelizes e, ao mesmo tempo, possuem a ousadia de não se esquecer deles.

Sinto, cá, a perecibilidade das relações. Não, não aceito a insolente resposta de que meu tempo aqui é pouco e que em breve revisitarei a busca tão sonhada da amizade. É outra coisa que transborda de mim. Composta de falta mesmo, de não concernir, de insônia. Por vezes, a insônia é bela: o dia anterior ao acantonamento, a conversa que inunda as conexões nervosas, o porvir e seu maravilhoso universo de acontecimentos sonhados.

A minha anipnia é outra: *"não porque morresse ou me matasse. Mas porque me seria impossível viver amanhã e mais nada"*, diria o mestre Fernando Pessoa, em meu poema preferido.

Não durmo. À espera de compreender o sentido mais íntimo de minha estadia. Não durmo, pois eu sei que o amanhã não me fará uma ínclita cozinheira. Não durmo, pois meus amigos estão adormecidos dentro do meu abstrato desígnio. Sempre tive, mesmo nas áureas madrugadas estelares, muito medo do repouso. Porque a vida passa numa velocidade muito maior do que minha ânsia de vivê-la. Então eu bebo vinho e respiro enfim ares cor-de-rosa. Aguardo Deus, para que ele abençoe meu sono. Permita que eu prossiga esse tão áspero e açucarado crepúsculo. Conceda-me a escrita, só mais uma vez.

Ostracismo

Não! Não é! Juro que não! Não quero exaltar a estranha e intrínseca submissão à imortalidade, presente em cada penugem de nossas carnes humanas. Não é o calor dos aplausos, recheados pelo narcisismo revelado. É outra coisa o que incomoda os meus dedos, desde sábado à noite. São outros sopros que me tomam as veias e me condicionam a exprimi-los. São fragmentos de outra jornada que me colocam insone. São delírios febris que estarrecem meus ouvidos exaustos. Não é simples capricho... Eu ainda não sei do que se trata. Esse texto não me deu tal liberdade... Ainda não.

Deixar-me-ei guiar por essa imaculada incompreensão que me tocou as lágrimas naquele sábado. É preciso ser dito. Eu o farei. Ainda tenho muito medo dos lugares que meu pensamento murmura. Espero nunca me adaptar. O conforto é inimigo mortal das palavras.

Só precisei de um breve instante para emendar os velhos óculos de minha irmã. Eu sempre detestei os óculos e as lacunas de Monet que ele deixa passar. Mas minha meditação, aspirante à psicografia, necessita de óculos. Porque suporto menos ainda a burocracia das lentes de contato, que ferem os olhos quando você se põe a chorar. É absolutamente inaceitável para mim a ingratidão dessas gelatinosas. Ainda não sei se esse fio de luz que se desvela vai emocionar. Todavia, é imprescindível aconchegar os grandes abismos fortuitos.

Sem maiores delongas, estou imensamente indisposta com o fastidioso tema que me ronda. Em breve, estarei totalmente absorta. Ainda não.

E é esse ainda-não que me apavora há dois dias. Esse ainda-não que se apodera das rezas de mães mais crédulas, eternamente à espera dos milagres tolos. O ainda-não que está incrustado na fumaça dos cigarros. O ainda-não sentado à mesa de bar, a ouvir o fantasma vacilante do sambista. Esse atordoante sentimento que – sem pedir licença – criou musgos dentro de mim.

Tenho um amigo-irmão que é assim. Faz parte dos lindos penhascos das infinitas possibilidades. Não as agarra pelos braços, no entanto. É genial. Ele compõe músicas secretas, daquelas que dão mãos aos nossos sentidos e fazem festa na intimidade das orelhas. Sua melodia é algo tão sublime, que precisaria retaliar uma parte de seu cérebro para descrevê-la verdadeiramente.

A chuva se sobrepunha soberana sobre nós, nesse sábado que passou. Apesar de todas as conversas que tenho com Deus, para deixar o fim de semana em paz, não tenho obtido muito sucesso. Dessa vez Ele tinha razão.

Quase como uma criança que ganha uma surpresa em plena quarta-feira, eu vi esse meu amigo ir buscar o violão, nos fundos da sua casa. Foi uma sensação que inebriou os músculos congelados.

As canções, uma por uma, iam navegando lucidamente por entre os pingos magistrais. Desviavam os mais avantajados, como se pudessem cessar o fogo da ira de Deus. Abriam-se para o céu e abriam-me também. E eu chovia junto. Estava encharcada.

Nem o entorpecimento provocado pelo vinho e pela deprimente condição daquele sábado seria capaz de diminuir sua voz. Ele cerrava as pálpebras. Assim, podia concentrar-se inteiramente, compactar toda a sua força nas cordas da voz e do violão. A chuva, enfim, cansou de competir. Estava esgotada.

O que eu não consigo entender e que me inunda de pungência é saber que esse meu amigo ainda não é famoso. Suas músicas são navalhas até para os ouvintes mais indiferentes. Porque ele dilacera as nossas defesas mais fortalecidas e põe nossa alma a chover. Não aceito seu ostracismo! Por que ele ainda-não é? Por que não o descobrem, meu Deus?

Desde então, trago comigo a entediante companhia do ainda-não. Pensei em quantas pessoas eu conheço que ainda-não são, ainda-não foram. Refleti acerca dos amores ainda-não vividos. Embeveci-me de exílios. A injustiça reina próxima dos apaixonados músicos com quem semeio versos. Paira uma tristeza em meus punhos. Essa doida vontade de clamar, implorar pelo reconhecimento merecido.

Um vazio engoliu subitamente minha capacidade de apreensão. Fiquei inerte. Paralisada diante da minha cínica impotência. Às vezes sentir-se estátua também ajuda a transcender. Decidi. A tudo o que estiver ao alcance dos meus esforços para divulgar essas pessoas ainda-não, eu me sujeito.

Não deixarei para os escafandristas a terrível descoberta. Prometo, pelas minhas pequenas e raras divagações, lançar esplendorosos holofotes.

Saiam de seus impiedosos esconderijos, corajosos artistas! Venham ao meu encontro! Abandonem as conchas, falsas moradas de pedra! O lar de vocês é o Universo! Não permitam que a sedução das gavetas os oprima! Venham, acompanhem-me! Não me deixem só nessa tarefa insólita. Tenho sede! Onde estão vocês? Onde Deus os expatriou? Seres enfeitiçados pelo doce fardo da Arte, uni-vos!

A ladra

Outra noite, falávamos sobre o rompimento literário em nossas vidas... Nós sempre falamos muito, sem parar. Quantas histórias deixamos de nos contar pela emergência dialogada do outro! Quantos assuntos em suspenso ainda não estão guardados para o resto de nossas vidas? Acho inebriante. O infinito que nos permeia me dá tantas forças e tantas alegrias, tu não podes imaginar. O nunca-tédio de estar com alguém jamais havia habitado minha alma.

Tu me contaste dos teus castigos em letras. Tuas obrigações para com a literatura, desde pequenino. Quantas resenhas não fez em voz alta, meu amor? Quantas palavras tiveram que ser devoradas por ti? Penso que não há penitência mais doce. A leitura como coerção é-me a mais deliciosa das punições.

Refleti, à luz de Clarice, como a literatura me foi iniciada. Em qual momento de minha vida me senti convidada a sonhar? Quando foi a primeira vez que estive perplexa, diante do Universo de sentidos?

Lembro-me muito bem das minhas manhãs de sábado. Morávamos na Vila Mariana. Meu pai me acordava bem cedo, antes das oito da manhã. Imagines pensar em acordar tão cedo no sábado? Pois bem, eu acordava feliz. Feliz porque sabia que era o dia de me encontrar com os livros. Íamos a uma livraria, encontrar figuras inusitadas. Eram personagens de livros, feitos de carne e osso. Talvez meu pai seja escritor porque conheceu infinitos personagens em vida real. Talvez não.

Eu tinha direito a um livro por semana. Gostava por demais da coleção Pom-Pom. Eram livros fofos de contos de fadas. A coleção ensinou-me a história de *A princesa e a ervilha*. Meu pai transferiu-me a obsessão pelas livrarias. Algum tempo depois, ganhei um livreto de poesia. Versos simples, quase infantis. Roubei um deles para dedicar ao nascimento da minha irmã. Foi meu primeiro furto literário.

Quando tinha uns 12 anos, tive poesia na escola. No início, senti um repúdio. Precisava de distanciamento. Tudo aquilo era muito difícil e profundo. Jamais conseguiria eu, mera copiadora de versos juvenis, conduzir as próprias rimas e imagens. Fiquei apavorada. Sempre tive muito medo do desconhecido. Daquilo que não se pode controlar, daquilo que se pode fracassar. Ignorei a poesia. Só por um breve instante.

Devo ter comentado com meus pais sobre as aulas de poesia e sobre minha resistência. Eles devem ter entendido que não passava de vontade de aprender, e de ser a melhor nisso. Foi quando minha mãe chegou com uma pastinha embaixo do braço. Disse a mim: "Filha, isso aqui é um tesouro meu. São meus cadernos de poesia de quando era um pouco mais velha que você. Guarde-o com carinho e respeito. A poesia é algo que merece absoluta intimidade, não se pode deixá-la no mundo sem delicadeza...".

Aqueles cadernos de minha mãe, escondidos até hoje na bagunça do meu quarto, foram incrivelmente surpreendentes. A princípio, senti um constrangimento enorme. As confissões daquela menina eram alma demais. Tive vontade de ser amiga dela e raiva de ser minha mãe.

Decidi, pois, que necessitava aprender a escrever como ela. As rimas, as mensagens, as interrogativas existenciais já não pertenciam mais a ela. Eram minhas! Eram meus pensamentos escritos por outrem! Como poderia ter roubado minhas ideias? Eu nunca havia contado nada a ninguém! Como seria possível?

Foi aí que comecei a ter uma compulsão. Roubava rimas daqueles cadernos, roubava versos, roubava poemas inteiros! Tornei-me uma viciada. Cometi o crime de falsidade ideológica. Possuí uma estranha amizade com aquela menina, quase da minha idade, que era minha mãe. Vicky, o pseudônimo dela, era como uma irmã de letras. Uma ladra dos meus pensamentos mais íntimos e dolorosos. Um estimulante ao furto e à perda da identidade. Um caderno de segredos.

Nunca havia compartilhado essa história antes. Nem quando cavei o porão de mim mesma, em confissões terapêuticas, tive essa coragem. Esses meus crimes só poderiam ser divididos com aquele que me confiasse seus delitos linguísticos.

Depois dos sábados, da poesia criança e de Vicky, as lembranças ficam um pouco embaçadas. Um pouco vazias. Pena. Não consigo colocar de volta em meu coração o instante em que toquei Pessoa.

O que importa, todavia, é o transbordamento da literatura das minhas veias. Fui escolhida e escolhi, tomada pela ambiguidade do Português. Doçura e enojamento. Pertencida e dolorida ao mesmo tempo. Rebeldia e redenção.

Apesar do abismo desmemoriado, ainda falta um capítulo da minha história com a literatura: és tu. A tua vinda me trouxe velhos desejos de furto. Despertou-me a ira mortal. Malditos sejam Vinicius, Neruda, Chico, Edu Lobo! Assaltantes dos meus sentimentos mais bonitos... Deveriam ser meus esses versos, como puderam extraí-los de mim?

Ao mesmo tempo, ao pensar em ti, sentia uma estranha e familiar ânsia. Um transbordar de palavras. Calma! Espera! Preciso de caneta, preciso de papel, preciso lembrar! Como um bebê que não controla o próprio corpo, eu me dissolvia em poesia por ti.

Amor, inestimável é o valor de nossa musa. Incalculável é a delícia de inspirar versos. A urgência de escrever aniquilou a inveja. Tu me permitiste a fertilidade. Trouxeste até mim o meu poço de devaneios, a minha pasta. Onde foi que a encontraste? Como poderia saber que era minha propriedade?

E o destino, irônico, está levando-te embora. As palavras que tanto amo estão se impondo sobre mim. A minha musa vai atrás de versos mais complexos, de estilos mais primeiros, de línguas mais sonoras, menos ambíguas. *"A ausência é um estar em mim"*. Disse a ti, naquela outra conversa. Tu rebentaste em mim a amortecida mensagem. Tu despertaste adormecidos textos. Isso me é definitivo, a partir da tua chegada. Por essa razão, posso deixar que encontres novas palavras. Vou atrás das minhas, carregando cá dentro o espírito do melhor presente que já recebi. Deixo para trás meu passado vergonhoso de ladra. Vou, inspirando a tua presença. Já posso expirar as próprias palavras.

De mim/ de nós

Sem testemunhas

"A mais vil de todas as necessidades – a da confidência, a da confissão. É a necessidade da alma de ser exterior. Confessa, sim; mas confessa o que não sentes. Livra a tua alma, sim, do peso dos teus segredos, dizendo-os; mas ainda bem que os segredos que digas, nunca os tenhas tido. Mente a ti próprio antes de dizeres essa verdade. Exprimir é sempre errar. Sê consciente: exprimir seja, para ti, mentir".

Fernando Pessoa in O Livro do Desassossego.

É longe do palco que se podem ensaiar os contornos do amanhã. Quando se apaziguam as esperanças de futuro e os sonhos perdem sua obrigação incongruente de solidez. Quando os olhos se fecham e aceito a vulnerabilidade de acordar para dentro. Ausente de observadores encontro-me viva, e só. Sem a mórbida obviedade do sofrer.

Ah, negra hora do dia: agradeço meu anonimato. Quando a humanidade já foi deitar e o mundo permanece alheio às vicissitudes inúteis dos despertos. Sinto-me cúmplice dos suspiros das árvores, das proibições conjugais: átomos antigos, entorpecentes cósmicos.

Sinto-me, pois, neste instante, ainda em posse de uma história sem veracidade. Distante daqueles que se lembram de como sou, como fui e, inevitavelmente, como envelhecerei. Caminho pelos labirintos desfocados que me conduzem a essas letras. Guardei minhas palavras por algumas madrugadas. Não aceitaria que elas nascessem prematuras.

Nas profundezas marinhas da noite, as cicatrizes se escondem para dar lugar à bela totalidade arredondada. E os oceanos, mais misteriosos e demiúrgicos do que nunca, enaltecem suas melódicas queixas de escravidão ao luar.

Como gostaria de despir-me, também eu, para o grande silêncio. Sem testemunhas. Pacificada pela sensação de abrigar exclusivamente um pseudônimo confuso, expatriado das mãos rancorosas de seu autor senil. Transportar-me a um mundo de domingos, onde os habitantes emudecem pelo horror ao recomeço, e se aninham, distraídos, na nulidade de suas existências.

Estou tão cansada, hora gatuna, violenta. Medíocre que sou, refugiada nesse asilo temeroso. Como anseio libertar essas histórias acorrentadas aos presságios ilusórios dos grandes desertos. Anônima. Sem ter os olhos pequenos demais para apreciar os destinos. Desanuviada.

Quero pecar sem assinatura.

Viver sem testemunhas seria, hoje, meu desejo mais arcaico. Jorrar minhas memórias por páginas desconhecidas e inacabadas. Iridescente, breve, hermética. Frases sem sentido para que ninguém mais não me morasse.

Como se torna persecutório o ato de desenhar-se em dizeres, em traduzir-se conteúdo. Medo de ser retaliada por aquilo que foi vivido, embaraço frente aos relatos vergonhosos das melancolias juvenis. O pavor de estar na primeira pessoa. Saudade – essa qualidade da ausência – como faz sentido estar mais próxima da estranheza que suportar a inocente familiaridade. Apenas o estrangeiro de si, de pátria ou de línguas, aguenta, sem anódinos, o peso inesclarecível das funduras.

Destarte, reintegro a secura intrínseca da esterilidade. Se não posso suportar meus segredos, se os enclausuro na travessia entre o esquecimento e a confissão, perco a maestria uterina. A clarividência sempre toca o julgamento preciso de quem lê.

Alhures

"Olhando para o céu fiquei tonta de mim mesma".

Clarice Lispector *in* A Descoberta do Mundo.

"No fundo de cada palavra, assisto ao meu nascimento".

Alain Bosquet *in* "Premier Poème".

Sinto-me apavorada, no presente momento, acometida pelo distante segundo que precede o desmaio. Um rodopiar sonolento se apossa inteiramente do corpo, destemido das inúmeras armas cerebrais que possuo para me controlar. Aquele sentimento de ter, enfim, sido delatada em alguma esquina silenciosa da alma. A sensação dolorosa dos poros invadidos por um não habitar poderoso.

Essas mínimas e inusitadas crises fazem-me escutar a solidão harmônica, invólucro do Cosmos. Imediatamente, recupero os sentidos, ainda vertiginosos desse contato perigoso com o grande mistério. Ah, a extraordinária sabedoria de se aninhar junto às estrelas e se descobrir em pequenez!

Passado o horror dos instantes eternos, contemplo, extasiada, a paz. Foi apenas um feroz religamento com o inédito? Atingi, com a ponta dos dedos, a contiguidade proibida de um sítio impronunciável para as línguas humanas?

Sim. Estive lá, no lugar em que os astros inauguram devaneios. No germe de todos os amores cáusticos, vísceras da criação. Toquei os núcleos labirínticos, nos quais repousa o porvir, porque os olhos não alcançaram as imaginadas verdades pagãs. Alhures, onde residem as recordações antecipadas.

A palavra, robusta tradutora dos realismos, uma vez mais, me salva das ineficazes reduções farmacológicas. Por que chamar de pânico aquilo que pode ser a primeira reunião entre um corpo e seu criador? Se posso inventar-me como um gigante receptáculo do Universo, vou diminuir a mim mesma com as medíocres impressões contemporâneas?

Paulatinamente, a candura encharca os sentimentos viúvos, suspendendo o sonhar eremita. O retirar-se de si, apesar da mudez, não delineia afastamento. Apenas os seres que se vestem de outras luas são passíveis de embriagar as alvoradas.

Das alegrias inéditas

"O que faz andar a estrada? É o sonho. Enquanto a gente sonhar a estrada permanecerá viva. É para isso que servem os caminhos, para nos fazerem parentes do futuro".

Mia Couto

 E, naquele dia em que nada se espera, o dilúvio acontece. Chega, dilacerando obviedades, lava todas as mentiras desenhadas no rosto, enxuga-se com toalhas gordas de amanhãs e de dúvidas.
 Sinto-me menina quando me deparo com essas alegrias inéditas, inexploradas pelo pensamento. Como é possível que o sonho não tenha alcançado nenhum roteiro vinculado à realidade? Onde estavam esses enredos, impensados ao coração? Ah, que felicidade vislumbrar a vida superior à literatura!
 E é tão difícil ser feliz. Parece-me quase uma afronta às solidões dramatizadas pelos poetas. Possuo uma imensa tristeza de ser feliz, às vezes. Dá-me uma repulsa incomensurável, uma culpa esmagadora, uma vergonha pelas lágrimas que me foram transbordadas.
 Tenho medo de sentir as alegrias inéditas, como se me fosse proibido estar em posse desses acontecimentos. Seria capaz de escrever, encharcada por luzes

cósmicas? Quantas exclamações não sonhavam interrogar a ausente melancolia?

Percebo que já havia me dado como vencida. Acabou meu prazo de validade. Você é velha e não se pode dar ao luxo de vivenciar um novo amor. Você não tem autorização para estar em cambaleante sincronicidade. A vida já passou por você. Contente-se com as memórias que foram colhidas. Guarde os antigos protagonistas. Esqueça essa bobagem de extasiar-se, uma vez mais!

Agora, ao tocar meus lábios se escancarando, involuntários, infantis, exilo a mim mesma. Torturo-me por almejar esse futuro que me é sonhado, inebriada com as estradas possíveis do existir.

Mas, ao me distrair, canto em voz alta com os olhos fechados, rodopio pelos salões, rio de mim mesma e gosto da pessoa que se reflete no espelho. A inauguração da plenitude é uma recém-nascida forasteira.

Ansiedades do amanhecer

"É no ínfimo que vejo a exuberância".

Manoel de Barros

    A véspera da viagem sonhada; o café da manhã da criança no primeiro dia de aula; à espera de um sábado cinzento com a agenda repleta de nadas; uma bendita noite, digna de revelar um antigo segredo; a obviedade de um amor, por anos enclausurado em cólera, para despertar os orvalhos; dias de verão sem nuvens para apaziguar o colorir das peles; consumar o trabalho idealizado; o almoço viciado em ópios. Quando me foi emprestado o olhar para que a arte se manifestasse em minha íris; dia de faxina para a festa; dia de faxina depois da festa, à procura de sussurros ou embriaguezes primeiras; a busca por um olhar que sorri com a mesma intensidade de quem respira; acender uma vela em oração. Lagartixa em comunhão com a varanda; aspirar aos pensamentos da miragem; sentir-me encharcada por milagres ainda imaculados; café com cigarro; entregar uma flor de bicicleta; ler o cartão de quem destina a flor; a dissonância que torna alguém artista; uma melodia subscrita na carne. Negação do amanhecer; a Lua que se vai em sincronia com um beijo; o Sol primogênito da concretude de um sonho; a morte de um corpo já sem passado, já sem futuro; rompimento da bolsa; sublimação da dor que há séculos habitava o músculo, fatigado de excessos. A imagem poética ilusória; o presságio que dê nome à jornada; amigos que clamam compartilhar suas quimeras; o rompimento dos ovos, em coração de árvore. Não anoitecer a solidão; transcrever, apenas, minha renúncia à existência mesquinha; carregar o fardo dos vagalumes.

Com ansiedade de amanhecer, recebo, com ternura, a missão de desobsediar epifanias.

P.s.: Dedico este texto à minha irmã, Renata. Que ela tenha muitas ansiedades de amanhecer na nova vida!

Embriaguez dos despertares

É algo dolorido de admitir, e é dever. Tenho um defeito de nascença. Um mau funcionamento do cérebro, uma falha conceptual de emoções. Não sei, ao certo, qual seria a cartesiana explanação. Errâncias congênitas? Se fossem, haveria uma justificativa? Ou seriam, na confluência modal, algumas cicatrizes decididas ao encarnar? Pouco sei. No entanto, carrego, em cerne de íris, a obrigatoriedade da paixão.

Pouco me importa o que dizem os especialistas sobre a desmemória do pós-feto. Estou convicta: no primeiro sopro de vida já estava adicta à patológica substância, invólucro do amor.

E porque as obviedades são para mim um insulto à leitura, nada quero discorrer acerca dos amores conjugais. Um outro – ainda sem altruísmo ou desespero – povoa as conexões cósmicas, abençoadas por noite geminiana de lua cheia.

A pureza da minha alma foi corrompida pelo conhecer. Confesso, nesse instante cadente: a luz da consciência me é a rebenta embriaguez. Aquele ancestral entorpecimento, dicotômico humano. Linha etimológica entre ser e estar. Eu me engulo, posse do corpo. Decidida: conjugo-me verbo. Essa fantasmagórica capacidade de atribuir sentidos àquilo que antes era um espectro preâmbulo. De repente, transmuta-se em longos devaneios. Ah, a divina sombra que protege o alumiamento das verdades!

(Percebo a condição hermética do que escrevo. Todavia, nada me é mais sólido e nítido, óbvios navegantes.)

Só vivo, hoje, para agradecer meus queridos mestres. Por me deixarem essa orfandade de janelas. Vazias. Por aguentarem o susto, quando transbordam, cintilantes, os soluços da ignorância. Por todo o cansaço que atravessa as invisíveis revelações insones. E o inerente estrabismo frente à luz.

"Até a próxima letra!" – sussurram, esdrúxulos. "Aprenda a compreender o sabor além da boca mastigante de palavras". Enquanto as minhas carnes, fumegantes, reverberam o coração oxigenado pelas alcoólicas fontes da sabedoria.

"Ponha as aspas em confusão. Não componha seus pensamentos, não os paute. Não os encerre. Que a avidez não seja estrela dos seus olhos. Contorne suas coreografias em infinito. O desabrochar, veloz, jamais lhe conduzirá com maestria às mãos da homeopática sapiência. Mares, enclausurados em terra, não nos guiam às naus. O destino é a cegueira do sonhar".

Permaneço. Existo, uma vez só, quieta. Os imperativos, em nenhuma circunstância, encerram os dizeres. Mas há, dentro de mim, qualquer coisa que venta. Caiu-me um dente do viver. O vão – alicerce de quaisquer loucuras infindáveis – trouxe-me de volta a sábia meninice que dá abrigo aos corações. Eternamente aprendizes. E, portanto, banguelas.

Antes dos suspiros

"Imprudente ofício é este, de viver em voz alta. (...) Alguma coisa que eu disse distraído – talvez palavras de algum poeta antigo – foi despertar melodias esquecidas dentro da alma de alguém. Foi como se a gente soubesse que de repente, num reino muito distante, uma princesa muito triste tivesse sorrido. E isso fizesse bem ao coração do povo, iluminasse um pouco as suas pobres choupanas e as suas remotas esperanças".

Rubem Braga *in* "A Palavra".

Nem sempre as obviedades me são claras. Todavia, libertadoras de pensamentos rupestres que se instalam em mim. Enunciar não é emergir uma totalidade, mas calá-la no reino do possível. Não seria esse o papel último do artista?

Deparo-me delicadamente com o óbvio. Como se esperasse um sussurro, um lampejo, um alumbramento. Mas ele já é a nau aprisionada pelas âncoras. Ah, em quantos momentos estou atracada ao cais das instantâneas realidades!

E, por isso acontecer o tempo todo, é obrigatório ter os ouvidos sensíveis às ondas silenciosas e inescrutáveis que ampliam o olhar para além dos nossos mínimos acontecimentos. Randômicos. Estar atenta às luzes de abajur enquanto o mundo se perpetua em letreiros de neon.

Foi assim, numa inocente boemia de sexta-feira, que me *inesculpi* para a arquetípica vulgaridade humana: o encontro é vértice da cura. O mais inusitado foi vislumbrar a conversa desprovida daquele tagarelar romântico. Nenhum amor foi mencionado durante as horas que se desenrolavam dentro da minha trovoada, exceto a pululante irmandade que nos rodeia.

Ao auscultar o coração entregue, nunca o óbvio havia ganhado tais formas. Talhado em nanquim. Negro e vivo. Lá estava alguém a me dizer tudo o que eu soubera. Séculos e séculos de estudo. E resplandecia como se a luz jamais tivesse evidenciado tal devaneio. Excertos de pele que não nos lembram de que a renúncia é iminente. São os vizinhos que nos aproximam de nossas insanidades.

Dizia, simplesmente, o quanto havia sido epifânico poder assistir ao espetáculo da existência às traduções dadas pelo outro. O quanto não nos somos aos prismas solitários! E, por meio de impressas consciências, podemos nos tornar garranchos ou exemplos de caligrafia.

Eu, quieta, remontava meus viveres, loucos, com o acolhimento de não me saber só. Coberta pela certeza de minha percepção única e crua. Abrigava apenas uma interpretação ridícula daquilo que chamamos vida. Invadida, pois, pela tranquilidade de ser, antes dos suspiros. Ah, todo entorpecimento que carregam os seres cúmplices...

Os registros de espírito não retrocedem a um tempo longínquo, nostálgico. Está tão próxima essa ferida, tão latente ainda. Na estranheza inequívoca, sorri Lisboa. Reboante das madrugadas inefáveis. Da alerta memória que me expatria os horizontes. Além dos inomináveis Tejos da saudade. Eu, que pude me ser tão longe de casa. E me retorno, diariamente. Ensimesmada.

Nas observações triviais, em cantarolares brasileiros, mãos dadas, sonhos expostos, medos similares, eu pude me ver pelo outro. Eu fui capaz de me enxergar, filme de Almodóvar, naqueles que nunca me foram. E uma felicidade avassaladora tocava, finalmente, minhas bizarras entranhas. As vezes nas quais tive o aliviar das unturas transportadas por irmãos não familiares.

A obviedade me fascina. Em amanheceres incertos, à procura de sociedade. Mesmo sabendo que muitas das nossas manhãs se fazem sozinhas. No escuro, versos sentem-se necessários. Eu os convido a passear pelas calçadas, mesmo tendo a certeza de que todo sapato é inerte às distâncias. A alma, certas vezes, precisa se acostumar: a festa não tem convidados. E o deleite de existir é pleno.

Quase

Quando eu era pequena tinha um cachorro de plástico com rodinhas e chapéu quadriculado – daqueles que a gente pode fantasiar passeios – chamado Quase. Do Quase eu me lembro nitidamente, como se ele tivesse acompanhado todos os amadureceres ao meu lado. Talvez seja o brinquedo que mais tenha alma de fotografia, dentro da minha memória.

Nos últimos tempos, tenho recordado inúmeras vezes meu Quase. Porque eu, hoje, habito a morada dos quases. E, não sei se por egoísmo ou ontologia, acredito que esse lugar seja o grande limbo da humanidade. O Quase é a casa da deslembrança.

Primo do Quase é o mediano. No entanto, ao contrário do que se pode pensar – em uma primeira análise – eles são desirmanados. A planície da mediocridade, embora vizinha, não germina os mesmos frutos. Porque o dono da propriedade deita sementes de outras naturezas.

Nas cordilheiras do Quase reside um senhor de relógios. Suas vestes foram carcomidas por amores adiados. Seus dedos têm rugas de mar. E mesmo devastado por tudo aquilo que não foi, o senhor permanece insuspeito, tranquilo, imune.

O senhor de relógios só cultiva coisas demoradas. Há uma vinicultura gigantesca em seu território. Como essas uvas anseiam pela metamorfose! Quantas vezes sonham com a liquidez em garrafas. Mas as brumas gestantes suspendem todos os seus desejos de celeridade.

Os homens e mulheres que convivem nos domínios do Quase são muitos. Alguns demonstram fadiga e envelhecimento. Porque não há camas nos cômodos. O senhor dos relógios não permite que o sono abrande o esgotamento da jornada. Tampouco é permitido sentar-se à beira do lago. O Quase é reino de movimento.

Assim, as janelas ficam escancaradas. Não há distração que não possa entrar. Mágoas maquiam púrpuras olheiras. Desesperos assombram os inquilinos com sopros de eternidade. E amiúdes fracassos deblateram os perigos de almejar.

As semoventes aparições levam as pessoas à loucura com enorme facilidade. E todos os dias eu vejo esquálidas criaturas dizerem adeus ao domicílio do Quase. Com as almas em carne viva, desistem. Emigram, cabisbaixas, para os vales da mediocridade.

Outros se encontram totalmente anestesiados. Já não andam nem falam. Em pé, permanecem imóveis. São pessoas que aceitaram a tardança. Não têm a mínima intenção de caminhar em direção ao cume.

Eu estou aguentando a paralisia do agora. Sei que hoje não avistarei o mundo do ápice. Insone, permaneço. Sem precipitar os devaneios de topo. Não carrego nenhuma pressa. Porque sei que a realização não é casa de ninguém, mas a efêmera luz que ela deixa apaga todas as demoras.

Notívaga

São quase quatro da manhã e o inverno espantou todas as minhas folhas. Faz frio, chove, venta. É um desamparo tão característico, até vergonhoso. Beira a mesquinhez das imagens. Mas a descrição é verdadeira. Eu, curiosamente, preciso de gelo para aliviar minhas dores. E vivo o mais estranho paradoxo: se a neve cura meus músculos atormentados, porque o frio trata tão mal minha alma?

Mas há o silêncio das quatro da manhã. Ele fez faxina nas vozes, nos problemas e nos bichos. Sua força é ingente. Poderia fugir com ele, se ele me quisesse para sempre em sua casa. Iria sem identidade, esqueceria meus filhos, abandonaria o marido. Iria nua, mente sem agasalhos, pés descalços. Ah, se esse silêncio me desejasse também!

Estou inerte, esquecida no quintal da minha casa. Uma tristeza encharca o banco no qual estou sentada. Esse pedaço de madeira me suporta. Aninha-me nos braços. Estou incapaz de ver as estrelas. A Lua está escondida por um céu cor de terra. Meus amigos vivem seus cotidianos, emaranhados de tarefas e compromissos. Só a noite tem me feito companhia.

A necessidade de escrever é maior nessa hora. Desde rebenta assim fui: trocando os horários da normalidade. Parece-me que o dia não espanta somente os vampiros. A poesia fica escondida sob o Sol.

Os minutos das manhãs me são longos, uniformes, óbvios. Caminho por eles de muletas. Temo encostar os dedos em suas gélidas faces. A luminosidade encobre uma rigidez característica dos períodos ensolarados. Porque o calor não lhes pertence, é empréstimo beneficente do astro rei.

Os caminhantes estão enforcados nas gravatas. As senhoras com cheiro de almoço apressam o passo. Parece que a música foi calada pelos escritórios e carros. E há uma algazarra desarmoniosa, inquietante, estúpida. O tempo nascido em claridade tem gosto de função fática. Traz em si a banalidade das conversas no elevador. Queima minha língua e as minhas palavras: eu só discorro quando o crepúsculo invade as corujas. A minha escrita dá-se no intervalo dos pássaros. Inversa aos estereótipos e chavões, são galos que anunciam o meu repouso.

Em doses homeopáticas

Eu acredito em placebos. E jamais me importaria se estivesse passando por tola, nessas linhas. É uma afirmação que deveras difere do cor-de-rosa "eu acredito em fadas" e teria de atravessar um deserto para alcançar o niilista (e hilário) "eu acredito em duendes". Porque as primeiras, as damas da leveza, são bichos da contradição. Movimentos de balé condensados num corpo humano e divino – duas entidades impossíveis de ser conjugadas, gregos que me perdoem. Nelas, há ainda um bosque de lírios e uma aura verde, miscigenada à crueldade das sereias. As fadas não existem para acreditarmos nelas, convenhamos: elas nascem no solo da literatura criadora, em sonhos de floresta. Acreditar numa fada é dar forma ao silêncio: morte fulminante.

Os duendes já têm as almas mais desenhadas em carne. Não comportam maniqueísmos nem fábulas grandiosas. Seres da terra, da lama. Um cheiro excessivamente castanho nutre suas enraizadas referências. Traiçoeiros, espertos e divertidos. Claro que também não existem. Parece-me que um duende está envolto nas próprias travessuras, por inteiro. Não se questiona nem entristece. Esqueleto sem melancolia não há. Até mesmo os milhos choram de dentro para fora. E seus espíritos do avesso são pipocas.

Os placebos, meu Deus, são as sementes da inverdade humana. Torturadores dos áugures, eles mudam o destino das jangadas, tornam o périplo uma viagem sem roteiro. Cápsulas de farinha entoam voos labirínticos por planetas inexistentes. Um devaneio comprimido supera tantas pungências – até então – insuspeitas. É um rodopiar, é uma vertigem comprovada pela medicina. Embora jamais precisasse de evidências científicas. Basta uma imaginação fumegante, meus pensamentos são simples. Aceitam quaisquer alimentos invisíveis. Em mim, as estátuas da realidade são desarvoradas. As alamedas inventadas têm mais folhas. Por qual razão haveria de violá-las?

Eu acredito no poder fictício dos placebos. O mistério esparsa aos ventos os resquícios prometidos. Sou agente do meu universo imaginado. Um exército com os mesmos poderes bélicos dos antibióticos. Sem a mínima saudade daquilo que nunca viverei. Eu engendro a memória que me percorre, latejante. Contudo, algo não pode estar suspenso, inadvertido. O coração, ao aceitar o placebo, tem que acepilhar a calmaria. A liberdade onírica chega dócil. De hora em hora. Salpicada, em minúsculas doses homeopáticas.

Quando fomos nuvens

Para Guilherme Zoldan Peitl

"O sonho de voo deixa a lembrança de uma aptidão para voar com tanta facilidade que ficamos admirados de não poder voar durante o dia".

Gaston Bachelard

    A água sempre tem devaneios de voar. Fica tão deslumbrada em seus sonhos, que sua alma se enleva e se esfria, preparada para o sopro do vento.
    Após ser contida, vai flanando em seu destino, e encontra-se, pela primeira vez, vestida de nuvem. Se o sonho é muito alto, sua forma se congela, e a alma se despedaça em neve.
    Se o sonho tem a altura certa e o dia é de verão, a nuvem dança, vagarosa, nas mais sinceras emoções. É um urso; elefante, brinca de virar sorvete, imagina-se palhaço e, ambígua, escolhe a ilusão de óptica para discordar os amantes que a admiram.
    Às vezes, essa água fica com um pouco de vertigem, e desce, delirante, sem perceber que sua roupa está rasgando, transformando em lágrimas a direção das naus.

Se há raiva em seu pensamento, ela troveja, arrependida, pela culpa escancarada de sua ira prisioneira.

Em um instante cinza, essa água chove, terrivelmente tensa, dentro de nós. Porque fomos nuvens. Porque uma parte, considerável e majoritária de cada ser humano, também é água.

Oniricamente, como água, somos nuvens iminentes.

O artista sabe a si mesmo mais nuvem do que água. Como diria Bachelard, *"Por um instante estamos 'nas nuvens' e, ao regressarmos à terra, somos docemente ridicularizados pelos homens positivos. Nenhum sonhador atribui à nuvem o grave significado dos demais 'signos' do céu. Em suma, o devaneio das nuvens recebe um cunho psicológico particular: é um devaneio sem responsabilidade"*.

Ao passar pelo portal, essa água que somos, de que não sabíamos antes, transcende ao estado de sonho, à maçã irrenunciável. E ela é totalmente leviana. Pois nós ampliamos as inspirações para voar mais longe. Quiçá, ao espatifar-nos ao fim dos devaneios, possamos rir da queda, como as crianças. Que sabem intimamente o peso do começar.

Dos mestres

Nascimento da eternidade

Segundas-feiras sempre são enfadonhas. Ontem não foi diferente. Levantar cedo depois de dormir tarde, recalcular toda a semana, ainda embevecida pelos resquícios de sonhos, suportar o peso do despertador que invade a manhã. Eu tenho sempre o costume de adiantar minhas horas em ilusões, na tentativa estúpida de deixar o acordar menos ordinário.

No entanto, ontem eu não consegui ficar alguns minutos a mais na cama. Estampado no jornal *online* estava a notícia da sua morte. Acendi um cigarro. Como é que você, mestre, após fazer aniversário na sexta-feira, poderia ter nos deixado?

A princípio não consegui nem chorar. Fui tomar banho. Confusa. Incrédula. Ao me vestir fui rebobinando algumas memórias nossas. E, depois disso, não consegui sustentar mais as lágrimas, dentro de mim.

Você foi o primeiro homem pelo qual me apaixonei. Eu devia ter uns cinco, seis anos de idade quando vi *Labirinto*. Todo um universo onírico se abria, frente ao meu repertório infante. Invejei a beleza da Jennifer Connelly e questionei se eu também daria aquele bebê lindo pelo seu reino.

É engraçado, o primeiro homem que amei era andrógino, longe dos estereótipos de um macho alfa. Era sedutor, era envolvente e lírico. Era músico. Quando crianças, não vestimos os preconceitos em nossos olhares. Eu desconsiderei a sua falta de masculinidade como me esquecia de que meus amigos eram negros ou japoneses. A gente só enxergava a alma, naquela época.

Quando escrevi meu primeiro "livro", aos 11, eu contava a história de uma menina que se apaixonava por um extraterrestre. Hoje me veio essa epifania: talvez meu inconsciente já estivesse conectado à sua ascendência cósmica.

Depois de *Labirinto*, minha irmã nasceu. Ah, como eu desejei que os goblins a levassem embora. Quantas vezes sonhei com a aparição de Jareth, conduzindo-me ao seu universo peculiar. Contudo, aprendi a amar aquele ser. E prometi que lhe ensinaria algumas das doces memórias que eu tinha da infância. Que ela passaria pelos processos fantasiosos como eu havia passado.

Aos seis anos de vida dela – e 13 meus – percebi que era sua hora de conhecê-lo também. Lembro-me bem de como minha tia, psicóloga, tentou impedir minha mãe de apresentar o mundo de *Labirinto* para minha irmã. Para ela, você era uma aberração e o filme, completamente inapropriado. Eu, como uma boa manipuladora, consegui assisti-lo uma vez mais, libertando a mente da caçula em uma explosão de galáxias imaginadas.

Ela virou uma fã inveterada. Comprou suas camisetas, seus DVDs, bebeu sua discografia com ímpeto de viciado. Eu permaneci mais sóbria, mais comedida. Todavia, não houve uma viagem em que sua voz não reinasse em alto volume, pelas jornadas que percorri. Não houve uma festa em que eu não tenha pedido a sua presença. Não existiu um momento em que meu corpo não dançasse, involuntário, quando seu timbre escancarava meus ouvidos.

Você esteve comigo em todos os amores, em todos os desamores, em momentos de poesia e instantes de desespero.

Ontem, senti algo muito estranho. Ao invés de ter ciúmes de todos aqueles que, como eu, partilhavam uma história de cumplicidade consigo, fiquei orgulhosa da sua arte grande. Fiquei emocionada ao constatar como um ser tão diferente dos terráqueos pôde emanar tanta luz, tanta saudade.

Agora, já que não pudemos nos conhecer pessoalmente, vou colocá-lo nos meus desejos de retornar ao planeta que me é sonhado. Que você venha me abduzir, com suas íris desencontradas, com suas calças apertadas, com a superioridade de outros corpos celestes. Agradeço por ter sido sua contemporânea. E por ter testemunhado o nascimento da eternidade.

Carta a Pessoa

São Paulo, 25 de abril de 2014.

Meu querido

Escrevo-te para comunicar a morte de minha poesia. Ela me abandonou, sem deixar um bilhete, um cheiro de passado, uma súplica de retorno. Foi-se, simplesmente. E, em minha podridão de corpo, não há mais nada que possa doar ao universo.

Podes pensar que estou a fazer drama – tão típico de minha personalidade – e que a poesia foi apenas beber uns copos, ao pé do beco do Vigário. Ou que ela está farta das minhas platitudes e buscou uma morada que trouxesse algum conforto para si, nesses dias.

Minha poesia está morta.

Já não sei como suportar o despertador, a mediocridade burocrática do mundo corporativo, o vazio dos meus dizeres. Nem as saudades dela, que me emudecem e me impedem de dormir, são capazes de encomendar palavras para o discurso que necessito preparar para o funeral.

Fui acometida da pior infertilidade que há no Universo: um útero incapaz de sonhar.

Tenho chorado em demasia, na tentativa – inútil – de evocar o mar salgado. Queria, como em tempos de glória, traduzir as angústias em naus. Mas não há destinos quando te perdes do teu porto.

E onde estão os azuis do firmamento, se Lisboa habita o antigamente?

Vais dizer-me, querido, que meu comportamento de amortecer as emoções não favorece a chegada de uma nova primavera para aqui estar. Eu sei, achas que não. És tão ingênuo!

Sempre pensas em mim como alguém linear. Entretanto, para que eu possa fazer algum sentido, deves deitar fora a lógica e embrulhar-me nos avessos do raciocínio. Pois ali sempre estou.

Ajuda-me a reatar com os versos? Mesmo os insones, os trôpegos, os tresloucados. Não me importa que venham nus, embriagados, delirantes. Em sonhos, em meditações, borras de café. Cinzeiros cheios, parto de manhãs, noites de letargia.

Minha poesia está morta, meu querido.

Eu sepultarei todos os adeuses, antes da tua chegada.

Diz a mim que virás, sem telegramas. Espero-te, todos os dias, com os olhos fartos dessa realidade estúpida. Liberta-me da tirania, com o teu sangue. Imprima em mim, novamente, essas flores escarlates que encolhem os oceanos.

Teu perfume anuncia a mansuetude. E eu sou o último abrigo das renitências.

Eternamente tua,
Mariana

Onde os escuros são mais sábios

"*Não perguntar o que um homem possui, mas o que lhe falta. Isso é sombra. Não indagar de seus sentimentos, mas saber o que ele não teve a ocasião de sentir. Sombra. Não importar com o que ele viveu, mas prestar atenção à vida que não chegou até ele, que se interrompeu de encontro a circunstâncias invisíveis, imprevisíveis. A vida é um ofício de luz e de trevas. Enquadrá-lo em sua constelação particular, saber se nasceu muito cedo para receber a luz da sua estrela ou se chegou ao mundo quando de há muito se extinguiu o astro que deveria iluminá-lo. 'No light, but rather darkness visible'*".

Paulo Mendes Campos *in* "Sombra".
Primeiras Leituras, p. 104-105.

Compartilhamos essa angústia frutuosa pela ternura. Uma vontade de tocar a todos com a ancestral tristeza, infante. Sensação embriagada, esses silêncios corrompidos por palavras. A vontade de estar frente à morte, e ignorá-la, com austeridade.

Deitamos as noites, enganando-as, porque as inspirações chegam atrasadas, em ocasiões especiais. E, também, por essa ridícula fascinação pelos trôpegos e miseráveis protagonistas da realidade. Medo de estarmos errados, sendo céticos.

De repente, nesse alvorecer de fevereiro, ainda envolta por cartesianas lembranças, despertar os vulcões hibernados da melancolia, para sentir com precisão, para doer em completude, para cravar assinatura no firmamento, que me é testemunha.

Eu, aprendiz de solidão.

Acreditar nos domingos, curadores de ressaca. Libertar a mudez insuspeita dos crepúsculos em goles de eternidade. Suplicar para que a dor volte, entusiasmada de mistérios.

Lírica.

Um amor mútuo por Clarice, daqueles que ferem as entrelinhas e perdem a doçura. Amor que sangra as gengivas, encharcadas de poesia e sofrimento. Vampiros que somos, pelas tardes vermelhas que não voltam nunca mais.

À procura de pólvoras incandescentes, esvaziamo-nos, exangues. A vírgula meticulosamente empregada. O verso mais bonito no final. O título que ainda está gestando. E, claro, o esmorecimento da criação.

Queria que viesses, desprovido de raízes. Copo na mão, cigarro na outra. Amaria ouvir onde vive o amor de amanhã, salvo em teus versos.

Aclamado em vida ou perpetuado pela história?

Como te pensavas, meu querido?

Seria a vida uma insuportável contrarregra, se soubesses agora?

É sempre poesia o que dizes de ti mesmo? Se sim, apenas para amenizar a tortuosa sina? Ah, estrela desencontrada em sincronia! Talvez por isso tenhas as coincidências como tema.

Não me importa.

Hoje pude revisitar-me em infâncias, sabendo que são essas as viagens impossíveis de planejar. Encerrando-me no instante de nós dois, Paulo Mendes Campos. A pedra me doou o seu suplício.

E as rimas, que insistem em escrever. Para quê? Nunca deixei que a melodia atravessasse os meus segredos.

Tu me deste a sombra – inerente aos braços dos moinhos – para sonhar. E quem sou eu para sonhar a imensidão, tão doída, tão doida?

Bêbado de tanto ofuscar-te, respondes a mim:

– Lá, intrínseco à posteridade. Onde o amor não acaba e os escuros são mais sábios.

Viciada em inícios

Enquanto a noite cai, piedosa, eu me sento e agradeço. Existe mais um universo prestes a ser desvendado, aqui. Os seres, exaustos de futebol ou de cachaça, já hibernam em felicidade ou tristeza: e pouco é importante o resultado do jogo. O que basta é o prazer de ser testemunha.

A janela já não traz o balbuciar inerente à uma cidade literária. E os deuses não abençoam o vinho, vindo de tão longe para apaziguar a sede dos silêncios. Tudo conspira para a folha em branco, pelo raiar soturno, útero sem fonte. No entanto, continuo a acreditar que a madrugada carrega em si a fantástica capacidade de rejuvenescer-me. Que todo vazio comporta as inspirações mais inacreditáveis. E que os espíritos de luz tornam-se aliados nessa encruzilhada.

Não é porque a vida apresenta-se mais calma, nesta hora de zelo, que os princípios sejam fetais, sorumbáticos. Ao revés dos contos de fadas, a narrativa divina está mais alerta, nos segundos que antecedem às auroras. Ouço um poema, recitado por outrem: reclamo! Prefiro a voz dos meus olhos, a entonar as sílabas em plenitude.

Coloco-me à disposição das páginas inauguradas: ao relinchar infantil dos prazeres sem dono, à insustentável incompreensão que precede o toque das línguas. E respiro uma galáxia, insone, ao iniciar uma leitura.

Corruptível aos começos, assim me defino. Com profundo horror às conclusões. Estou adicta, desde o meu nascimento, a esperar amanheceres como companhia. Roubo, com pitadas de psicopatia, quaisquer infâncias que me rodeiem, desde que sejam puras, imaculadas, pequenas. Aposso-me, também, de tuas memórias remotas, até o pertencimento sanguíneo, podendo beber de teus inícios sem pudor.

Enalteço os versos prematuros, dignos de rasuras e incompletudes. Acaricio as rubras faces, embevecidas de quimeras. Perdoo os desperdícios, designados às renovações. Doou-me às manhãs tristes de abril, quando o Sol não pode estancar a gélida ternura dos outonos. Porque o agora me invade e me determina a existir, num cálido pacto de nunca vivenciar o eterno retorno.

Ao tilintar de uma rolha, em harmonia com o oxigênio, estou eu. Na ruptura submersa em que insiste a tinta, frente à folha. Em suntuosos devaneios de mar, em dia de ressaca. Na saliva em comunhão. No perdão de amar um ser humano, do qual jamais ouvirei a voz. Nas surpresas inexoráveis do destino, ainda que cravadas na palma da mão. Lá podes me encontrar.

É por isso que sinto saudades. Presa aos instantes de estreia. Reconheço-me em ti, sábio poeta, cujo nome corrobora a beleza de ferir. Entrego-me, contigo, à mansidão límpida das estrelas ofuscadas. Ao amor que se foi. Ao amor que não tive. Ao amor que inventei.

    Economizo gestos e palavras em tua presença. Ignóbil sonhadora de rabos de cometas. Já não preciso dos teus dizeres ao pé do ouvido. Indecifrável e querido mestre, sou tua. Grávida de esperanças. Viciada em inícios, amado Vinicius.

O colecionador de saudades

    Eu gostava mesmo de escrever em terceira pessoa. No entanto, tentei e foi um bocado frustrante. Acho que ainda trago a própria vida embutida no coração do pensamento. E isso passará, com o rebentar dos anos.
    Chamava-me Manuel Leite de Barros. Tenho 22 anos e decidi dar um fim a mim mesmo. E não, não cometerei suicídio. A morte não tocará meu corpo, embora eu vá matar-me nessas páginas. Porque estou farto de ser eu.
    Desde miúdo, sinto-me um estranho em casa. É tradição em minha família colecionar. Meu pai possui uma coleção de bulas de remédios. Obviamente, trata-se de um inveterado hipocondríaco. Ele cataloga todas as descrições medicamentosas em ordem alfabética, dividindo-as em doenças. E orgulha-se imensamente de ter mais de dois mil papéis ordenados em uma pasta castanha.
    Minha mãe desde sempre foi apaixonada por corujas. Para ela, mais que símbolo do saber, as corujas são as grandes amantes da noite. "Com certeza a sabedoria acontece na escuridão", diz-me repetidas vezes. Hoje, sua coleção já transborda 12 estantes e ultrapassa 500 réplicas de todos os formatos, regiões e cores.

Até mesmo uma prima que mora no Brasil é viciada em coleções. Ela armazena todas as palavras bonitas que lê nos jornais. Por dia são escritas em seu caderno cerca de 112 novas aquisições.

Duvidei de meus laços sanguíneos até amar pela única vez. Uma profética festa de Santo Antônio, no dia 12 de junho de 2003. Antes disso, não havia colecionado absolutamente nada.

Eu me encontrava ao pé do Beco do Vigário, em Alfama. A Lua estava cheia e a embriaguez já começava a me cobrir de sorrisos tolos. Foi ali que avistei Carminho.

Maria do Carmo Pereira tinha acabado de completar seus 19 anos. Era irmã de um conhecido meu. Eu havia sido apresentado a ela quando éramos crianças. Passamos dez anos sem nos cruzar – mesmo sendo Lisboa uma cidade minúscula.

O velho clichê do amor instantâneo fez de mim sua vítima. Passamos a madrugada toda a conversar. Acolhidos pelo miradouro secreto, atrás da igreja de Santo Estêvão. Só nos permitimos partir quando a manhã nasceu quente e o Tejo inundava-se em raios de ilusória pureza.

Foi assim que comecei a colecionar. A colecionar Carminho. Seus gestos, sua timidez. Cada partícula de sua alma. Apreendi 63 olhares, 147 sorrisos, 26 jeitos dela prender os cabelos e 208 beijos. Superando toda e qualquer dicotomia sujeito-objeto, eu era capaz de colar minha visão ao seu rosto. Um ser indissolúvel, apartado em dois corpos.

Nada necessitava de catálogo. Ficava tudo cravado em minha memória. Nas horas em que não a via, brincava de contar minha suntuosa coleção. Ao final, sentia-me verdadeiramente um Leite de Barros.

Contudo, nossa relação teve um prematuro fim. No dia 14 de julho de 2004, ao sair apressada da Estação Cais do Sodré para me encontrar, Carminho foi atropelada por um elétrico. Seus ossos frágeis não resistiram às feridas e, algum tempo depois, ela morreu no hospital.

Eu não me conformei com a perda. E, para não deixá-la morrer em mim, passei a colecionar saudades. Todos os dias, religiosamente, dava corda nos seus beijos, nos seus olhares, nos seus cabelos.

Algumas semanas após o seu enterro, decidi deixar Lisboa e a minha família. "Porque me sabia bem sentir saudades deles todos". O afastamento seria imprescindível para aumentar minha coleção.

Pedi transferência do meu estágio para Viseu, onde meus pais tinham uma propriedade vazia. Por longos seis meses, pude beber da minha nostalgia. Enxertava a pele com fotográficos ensaios. Alimentava a melancolia com curtas-metragens daqueles que eu amava. E todos os sofrimentos eram apaziguados.

Cometi, todavia, um erro fatal. Posicionei Chronos em cumplicidade. E ele é um assassino silencioso. Porque a saudade – ao contrário do que dizem os fadistas – é inimiga das horas. É brutalmente borrada no tempo.

Na manhã de hoje, fui incapaz de reviver um dos beijos de Carminho. Espremi os olhos e não o achei.

Rebobinei-me todo e havia desaparecido. A sofreguidão em resgatá-lo deixou-me ainda mais confuso. Eu me traí, sepultando minha doce reminiscência. Agora, estou à deriva. Só enxergo nebulosas. Destroços. Lábios partidos ao meio.

Hoje fui deitado fora. Como me dói, meu Deus! Como me dói essa saudade que sinto das minhas saudades colecionadas! Antagônico, o esquecimento enjaula-me à lembrança. Ninguém ensinou a mim que as coleções devem ficar cobertas de pó. Encostadas em prateleiras. Presas em vidros de éter.

O amor não é encarcerado nem posto em conserva. Mesmo o maior dos amores pode nublar. Paulatinamente, por inércia, cautela em demasia ou escolha, todo amor é passível de fenecer. E a saudade, pela sutil vingança do tempo, não é colecionável.

Digo adeus a mim neste momento, porque vou me mudar. Levo meu espírito para abrigar outra identidade. Crio um semi-heterônimo. Sem passado algum. Colecionarei saudades de mim mesmo, enquanto me for permitido. Avisto virgens futuros para o meu efêmero ser. Se, por ironia, apagar também essa saudade, não há problema. Eu já não me serei.

Instruções para matar um fantasma

Para Julio Cortázar

O primeiro e imprescindível questionamento, quando se quer assassinar um fantasma, é certificar-se de que se deseja a nulidade verdadeira. A perda de alguns espectros pode deixá-lo vulnerável à eterna melancolia.

Imagine, se possível, as noites insones destituídas de sua presença. Reveja a si mesmo em solidão absoluta, mais inaudível que profundezas oceânicas, em escuridão de lua cheia. Fantasmas são, via de regra, ótimas companhias oníricas, devoradores de madrugadas.

Como os silêncios são penitências da maturidade, escolha-se adulto ao tomar uma decisão tão rigorosa como essa. Fuja dos charlatães que prometam o exorcismo. Nenhum corpo humano é capaz de apagar uma estrada.

Siga, passo a passo, os rituais de luto, que flutuam entre a negação e o sublime. Hospede-se em suntuosas criações, asilos para a cicatrização e desespero. Tolere a abstinência ontológica, compreendendo que, às vezes, ele psicografará por seus dedos – umas belas palavras – como gostos escondidos de infância.

Embora os relatos até hoje tenham sido promissores, pessoas ainda me confessam, à surdina: *"passada a febre e a ira, é provável que você perceba: o fantasma sempre esteve ali, sendo gestado no seu passado, acontecendo no seu agora e hibernando no infinito"*.

Clarice Lispector, minha

São três horas da manhã. Há cerca de meia hora tive um impulso: precisava fazer café. Foi inescrutável. Meu corpo e meu cérebro clamavam por café. Senti-lo entrar nas células e tornar o planeta mais inteligente. Café faz isso comigo. Sinto-me muito mais atenta às nuances cotidianas do viver.
    Não demorou para compreender quem realmente pedia café. Era você. Era você que me obrigava a sentar-me agora e vociferar o que eu ainda não sei exatamente. É seu aniversário e seu direito. Já bebi tanto das suas palavras!
    Começo pelo que mais me perturba, antes de elogiar. Pois prefiro as más notícias, primeiro. Será que consigo também é assim?
    Irrita-me profundamente o fato de você não saber ser escritora. Juro, muitas vezes pensei que apenas um fingimento muito bem ensaiado era capaz de aveludar tamanha modéstia. Depois, lendo, relendo, decifrando, enervo-me mais. Você está sendo sincera e tímida ao assumir que escrever é maldição.
    Tenho inveja da sua máquina de escrever. Queria tanto esfolar meus dedos entre as teclas, sangrá-los em versos. Rasgar o papel. Passar a limpo. Rabiscar, com a

grafia menor, margens, esquinas de frase. Ver nascer epifanias translúcidas em um fim de tarde nublado. A escrita virtual não é meramente mais sóbria. É mais comedida, mais burocrática. Deslustre.

Contudo, posso ofertar-lhe alguns ensinamentos que absorvi. Você é a minha grande vereda literária. E eu tenho imensos ciúmes da sua popularidade entre as pessoas. Detesto ver seu lirismo aprisionado à saliva de outros leitores. Não suporto conceber que há outros livros por aí, que não sejam o meu *A Descoberta do Mundo* – embora tenha absoluta convicção de que não há outro tão surrado, tão vivido e tão amado como o meu. Em frangalhos de tanto uso.

Eu fui salva e submersa por sua loucura. O mundo pode me agasalhar, só porque existiu a sua poesia em minhas mãos. Certa vez, indignada com a genialidade do *"apurar a pureza"*, peguei um giz branco – porque a pureza é inexorável giz e inevitavelmente branca – e escrevi na lousa: *apurar a pureza clandestina*. Isso virou título de texto meu. Mas você, naquele minúsculo parágrafo, na página perdida no meio do livro, você evitou a minha morte. E não conto o porquê, ficará eternamente guardado nas entrelinhas.

Fico feliz que você tenha morrido. As pessoas escrevem muito mal, amada Clarice. Hoje, todos se sentem dignos de autoria. Quando a leio – enganando a mim: *somente eu a possuo* – penso sempre nisso. Ainda bem que o Universo a impediu de presenciar os horrores pseudoliterários que nos cercam.

Muito obrigada por compartilhar seus pecados comigo. E por ter escrito a maior história de suspense de todos os tempos: "A *princesa – noveleta*".

Agradeço-lhe também por desengradar os pudores e as muralhas do pensamento. Pelo exaspero em devorar detalhes. A maestria em repetir as mesmas palavras, dando-lhes infindáveis possibilidades. Pela vida às mesquinhezes austeras. Você transfez meu estrabismo em envernizada visão periférica.

Minha alma também teve problemas com enxertos. E a sua poderosa literatura foi alicerce para encerrar as rejeições. Ao mesmo tempo, quantas peles me foram arrancadas dos lábios, graças a você?

No entanto, houve um grande incômodo no nosso encontro. Quando a vi na televisão fiquei mortalmente compadecida da sua fragilidade. Desliguei a lembrança. A sua voz, Clarice, reside única dentro dos meus olhos e não posso ferir minha imaginação com a realidade.

De lá

Perdi meu amor em Lisboa

Antes de tu chegares, jamais pude escolher o meu sonhar. E, confesso, desde pequenina tentava driblar esses vastos porões do inconsciente – a fim de domá-los. Arrogante que era, acreditava que as fúrias de minha profundeza também me pertenciam, domesticáveis.

Porém, certa noite, desejei ter-te cá dentro da minha narrativa selvagem. Aceitei ser títere dos baús empoeirados, abrir os lacres poderosos da razão. E sonhei com a possibilidade de estar ao teu lado.

Na altura, eu era jovem e louca e infantil. Não havia aprendido a linguagem nítida dos devaneios noturnos. Estrangeira. Sozinha. Liberta das amarras do pertencimento.

O sonho era óbvio. Literal – como são essas terras. Estávamos em uma festa, dispersos nas conversas triviais com conhecidos e outras pessoas que trouxe do meu país para o sonho. Embriagados e obtusos.

Acordei. Invólucro, ainda, de vinhos não entornados. Desorientada por estar na realidade de mais um dia. Fui à tua procura, certa de que deveria desanuviar as incertezas, apagar a lembrança não vivida. Quantas horas passamos a falar! Tu, totalmente imune ao meu sonho, enquanto eu tentava rebobinar as fantasias para ver se faziam jus aos porões.

No entanto, foi a noite seguinte que consumiu a profecia autorrealizadora. Depois de um jantar irrelevante. Ah, como me senti manipuladora nos instantes que precederam o beijo. Porque já o havia beijado antes, mesmo que tu não soubesses disso.

Não aguardava o amanhã que te trazia novamente. Não era mais sonho, não havia roteiro traçado. E tu estavas lá, à minha espera. Com os olhos negros e vazios, convidando-me a preenchê-los com a minha vida. Como compreendeste cedo as canções impronunciáveis de meus artistas natais! Ensinaste a mim a literatura anciã dos navegantes e os ventos que compõem as tempestades. Foi assim que aprendi: as calmarias duradouras são perigosas iminências do mudar.

Tu desmembraste minha família destruída, colocaste-me no rígido papel de protagonista. As minhas lágrimas vitimadas perdiam, a cada momento, seu triunfal poder de convencimento. E eu, tão pobre de retórica, tão fraca em me expressar na tua língua, via-me solo das sementes inesgotáveis.

Com o paganismo infantil, ampliava meus ouvidos para a música que só tu eras capaz de explicar, em gestos magistrais de professor. Distinguia cada um dos Beatles nas canções – pela forma, conteúdo, voz. Contudo, admito que avistava em Ringo a mais estranha das personagens e, por isso, amava-o à revelia dos truísmos.

Mas, também eu era capaz de ensinar. A tua robustez nutria meu cerne, pouco a pouco. Conseguia traduzir em notas os minúsculos poros da tua pele exótica. Discorria sobre as engenhosas construções matemáticas que compõem uma tessitura. Compartilhava meus costumes gélidos, explicando como a minha nação não tinha condições de agregar culturas indígenas. Preparava refeições, no ímpeto de alimentar tuas inspirações literárias.

Pude resgatar-te dos abismos atrozes onde moram os pesadelos, ao levar-te por um passeio inusitado à beira do Tejo, em madrugada estelar. Tua alma, cintilante, finalmente atingia a incomensurável felicidade. Sempre nos gestos banais, microscópicos, eu estava a exercer a função pedagógica do amor.

Quis casar-me contigo, todos os dias, embora não possuísse emprego fixo nem curso superior. Obedeci, pois, a cada um dos fugazes impulsos que vivia meu coração apaixonado.

Paulatinamente, amado, fui recuperando meu ser esquecido, antes pelos lamentos. Enquanto as tuas raízes convertiam-se em maleabilidade, minha casa ganhava ornamentos. Tu vivias anseios de naufrágios juvenis, corajosos e típicos de quem sabe navegar. Eu queria apenas fincar minha bandeira em solo clandestino.

Nevoeiros tornam-se sutis, frente aos temporais.

Assim, nossa cumplicidade telepática foi tornando-se adúltera. Tu, sedes de além-mar. Eu, quimeras continentais, com horror aos arquipélagos. Nossa solidez taciturna foi-se devastando em crescimentos incompatíveis, alheia à intersecção primeira.

    Tu foste à África, buscar os sons que engrandecem tua língua. No Brasil, abandonaste as feições tristes do fado. Descobriste a razão de ter os pés sempre a tremer. Era o samba, erupção vulcânica, escondido em tua carne.

    Simultânea, interpretei todos os azuis dessa cidade, atrás do teu rastro. Deitei pelas noites gentis, a enlanguescer-me. Retornei, apática, à fonética carecida de poesia de meus iguais.

    Dissipamo-nos, faíscas, como a breve carcaça das fogueiras.

    Desaprendeste de mim? Conseguiste caminhos em tua memória que apagassem meu nome? Pois esforço-me imensamente, até hoje, por fórmulas imediatas de revogar. Invoco lúcidos sonhos que me retirem de Lisboa, berço desse lirismo tolo. Um eclipse irrefutável, talvez.

    Escrevo para calar aquilo que reverbera. Esquecer-te desperta, em vigília. Onírica, já sabes, serei incapaz de deitar-te fora. A noite sempre me chega para rarefazer as cicatrizes, para enaltecer os domínios dos quais não sou senhora.

Reabi(li)tar a alma

Há de haver um lugar onde eu possa deixar a vida sub-humana de lado, para contemplar os cenários encharcados de obviedades: os verdes, os azuis, as árvores, as montanhas e as estrelas.

Lá, as madrugadas e os alvoreceres têm igual importância, pois todos trabalham para servir à expansão sutil do amor. As pessoas desse lugar são todas coloridas por histórias belas e tristes, harmônicas em dualidades. As sombras imploram para ser escancaradas.

Há de haver um lugar onde a música que evoca os bons espíritos seja capaz de trazer respostas celestiais em piscadas de luz. Todos os habitantes compreendem, em silêncio, como é misterioso aceitar as manifestações do inefável. Contudo, há a clareza de que estamos cercados pelos fios inexoráveis do Cosmos.

Nesse lugar imaginado, há também um telescópio que me aproxima das crateras relutantes da lua cheia, das chuvas de meteoros e do olhar profundo de Saturno. E, ao passar alguns segundos, o Universo se desgruda tão rapidamente da lupa, que se torna nítida a sensação de não estar paralisada em mesquinhezes mundanas.

O portal, escondido dos sinais de celulares e alheio aos pesadelos terrestres, traz reflexões em cada uma das conversas entre seus seres. Os bichos dialogam em lambidas, colos e uivos; as crianças embriagam-se em liberdades; os adultos auditam seus preconceitos para dar espaço às meditações.

O peso da leveza. Por que, meu Deus, é tão doloroso sustentar a leveza para longe desse lar?

Por qual razão escolho me esconder das feridas que sangram, se somos todos poeira da mesma incompletude? Por que nos agredimos tanto, esquecendo que nossos inimigos são os verdadeiros mestres, nesta errante jornada? Por que temos tanto temor de nos assumir como mentirosos, falácias de nossas trajetórias? Por que me dá tanto medo ser feliz? Por quais razões estúpidas associo a arte à melancolia? Por que o processo criativo não pode estar acompanhado de longas gargalhadas, noites perfeitas, cafés da manhã na cama?

As perguntas são sempre mais dolorosas do que as frases já repetidas. Programar a existência custa menos do que se assustar com os instantes não preparados.

Todavia, é justo me afastar daquilo que me transforma, porque não soube lidar com os mecanismos automáticos de proteger os meus fantasmas? Esse pavor da nudez da alma nada me traz, além de arrependimentos e tempestades vazias.

Pois deve haver um lugar onde eu possa entrar em contato com todas essas interrogações em pertencimento. Uma mata abençoada pela comunhão entre as raízes e as folhas. Um lugar que sonha em ser divino, mas se conhece como caminho. Há de haver um sítio em que, acima de tudo, existam promessas de dias mais limpos e breus alagados em melodias.

Para a minha sorte, conheço esse lugar. Agradeço por poder, finalmente, depois de amanheceres tenebrosos e escuridões insones, reabitar a minha alma. Afinal, viver é fictício.

A culpa da alegria

Havia quatro anos que não nos víamos. Eu, tu e a inevitável velhice. Achei-te mais jovem dessa vez: parecias mais exausta e decadente, em nosso último encontro. Talvez a tua pele tenha sido renovada pela popularidade tardia ou, quem sabe, a vaidade tenha finalmente tocado teus poros. Fiquei com ciúmes de ti.

Estávamos, contudo, em perfeita sintonia. Ah, as tardes amareladas em doçura não podiam enganar-me! Sabia-me, uma vez mais, amada por tua presença. O amor, ao menos, é uma maneira de possuir-me.

Não foram, pois, os copos, tantos, que enfeitiçaram meu espírito, visceralmente. Juro-te que nada tem a ver com os amanheceres em Alfama, cercados de gaivotas em pertencimento. Ainda me lembro de quando te disse, ao pé do ouvido, o quão eras incapaz de abrigar vampiros, como eu. Estar contigo é abandonar as fronteiras da própria alma.

Mas, afinal, deitaste-me fora, em noite de Santos, como se eu fosse uma amante qualquer. Apenas mais uma brasileira, igual a todas: sedenta de aventuras e anestesiada para a melancolia.

Fiquei tão triste contigo. Aquela festa, suntuosa, tão sonhada nas minhas sensações, fora aniquilada em ruas estreitas e sardinhas mal assadas. Fiquei mesmo triste contigo, porque parecia que ias esquecer-te do dia dos meus anos. Tive medo de que não me dissesses nada.

 Saí à tua procura, despassarada. O rosto milimetricamente desenhado. Os lábios encarnados. Andei pelo Príncipe Real, na chuva. Envelheceria privada de ti? Cheguei ao Bairro Alto, já desesperançada de ter contigo. Mas apareceste, em trajes de surpresa, dizendo-me que a casa era minha e que podia estar para sempre em tua morada. Acho que não sabes, mas já tinha decorado teu código postal, há muitos anos.

 Os dias e noites, a seguir, preenchiam as saudades. Alimentaste-me de cores, em Belém. Fomos ao Cabo da Roca, realizar o velho sonho de ventar. Passeamos em comboios, autocarros, metros, elétrico. Revivemos o Cais do Sodré, em comunhão com nossos fantasmas.

 Em nossa última noite, no Tejo Bar, pudemos reconhecer nossos amigos. Eu jamais me senti tão querida em toda a minha vida. Cantamos e brindamos esse amor que não se explica, nem em lirismo exacerbado. Sentamos à igreja, para invocar todos os sons de todas as guitarras de toda a gente que passou pelo miradouro de Santo Estêvão. O Sol escancarava os adeuses.

 Acendias o rio naquele azul impossível, farto de eternidades. Meu coração, a nau, arrependia-se de partir. Tuas mãos ainda aqueciam as maçãs de meu rosto, rubras de vinho e poesia.

 Tu me beijaste por todas as madrugadas insones, silenciando minhas juras. Tantos versos ficaram enclausurados. Não aceitaste que a correspondência viesse pelo correio. Toda descoberta é uma renúncia ao ninho. E eu te prometo, Lisboa: estaremos juntas, muito em breve, para navegar as nuvens que nos enchem de plenitude. Ensinaste-me que não é preciso sentir culpa da alegria.

Tejo bar: santuário das incompletudes

Nunca poderia deixar de imaginar que Lisboa fosse uma cidade de sítios mágicos. Contudo, o clichê literário, exaustivamente desdenhado, não me era capaz de seduzir, em primeira pessoa. Os cafés, ninho dos antigos fantasmas; as esquinas, mínimas e estonteantes; o monumental cinema abandonado.

Apenas quem guarda o horizonte em águas é capaz de viver saudade. Quantas eternidades são amanhecidas, quando o olhar estica os oceanos? Talvez essa seja a grande obviedade inexorável da cidade. Uma vontade de partir, afogada pela dor de ir embora.

Há, pois, um lugar que transcendeu sua existência para atravessar as distâncias insuportáveis da poesia.

Das ruas estreitas, penduradas pelas luzes envelhecidas, pouco se pode perceber. Os dilúvios taciturnos despistam o sonhador mais distraído. A obscuridade de informações. Quem conhece sabe chegar, quase em transe mediúnico. Quem o tem no imaginário se perde nos relatos incompreensíveis das testemunhas. Só resta uma certeza: o coração é devorado, ao entrar, como oferenda ao santuário da incompletude.

Tejo Bar, ventre de Alfama, tantas letras ainda insistem em te traduzir! Ah, teus poetas vadios, tuas noites infindas, tua harmonia com a sincronicidade! Fico inebriada a inventar todos os amores que te fizeram enredo.

Onde existirá outra porta que nos devolva à condição de instrumentos da arte? Basta bater.

É perfeitamente admissível que muitos o tenham rejeitado, ao se depararem com a solidão imperdoável. Criadora.

No entanto, aqueles que suportaram a entrega ao invólucro jamais o deixariam, novamente.

Miscigenar-se com outras peles, línguas ancestrais, impensadas melodias. Sentar à mesa de estranhos cúmplices. Declamar os silêncios. E depois, fartos de epifanias, é permitido estilhaçarem-se em excessos.

É por isso, Tejo, que és também o rio das despedidas. Teu lugar é uma nau, desprovida de bússolas. Teu pertencimento está em aceitar o rumo das marés. O mundo, agora, reverencia: envaideces as estrelas com a tua presença.

Às vésperas de mim

"*Estamos tão ligados aos lugares que nos parece mais fácil deixar a nós mesmos do que a eles*".

Marguerite Yourcenar

    Sentada na janela dos meus anos, percorro as penumbras emudecidas dos meus eus transeuntes. Todos os seres que me habitam pensaram em uma história completamente diferente para trilhar. No entanto, a reflexão final carrega a obviedade que tinge o brilhantismo do cinema francês: nada é da forma que imaginei. Talvez seja essa a melhor sensação da vida: saber que os nossos rios correm apesar de nós. O que nos resta é cuidar para que as águas permaneçam límpidas. Imprescindível é absorver a celeridade nas correntezas. E meditar em todas as calmarias.
    Desde pequena, os lugares que escolhi para as comemorações entranhadas das mudanças quase nunca foram planejados. À reminiscência primeira, deixo o devaneio tomar o mínimo pedaço de chão, abençoado por lençóis brancos e sonhos pueris. O carpete castanho do quarto vivia seus momentos de glória. Quantos reis e dragões estavam à minha espera, nas proibidas madrugadas da infância!

Como se sucumbisse à eternidade das marcas sanguíneas no tecido, já não o revejo como vereda inquieta. Absorvo até mesmo os interlúdios como parte da orquestra que vem me construindo ao longo dessa existência.

Na jornada inesperada dos meus aposentos, permito-me acelerar a adolescência, com suas lágrimas descabidas e os tolos desalentos. Não por negligência ou vergonha. Mas porque gosto das ampulhetas preenchidas: ora no lembrar menino, ora na quimérica velhice em completude.

Quantas vezes pensei: serei eu o incômodo fantasma que abraça os baús empoeirados, numa casa cujos donos morreram há 300 anos? Passaram-me as chaves, enclausuraram-me dentro dos meus próprios dilúvios? Não. Eu os fui, legitimamente, um a um. Sonho a sonho. Com o pavor míope de quem vê o tempo a furtar os detalhes.

Todavia, somente às margens do Tejo, entendi. Descobrir a concha ontológica em cada vã moradia. Os mares obrigam a alma a experimentar o desassossego. Só quem enxerga o infinito é capaz de nomear a saudade. Quem nunca parte não se estilhaça na cósmica aventura do desconhecer.

Acenos à beira do cais me visitam com seus lenços e prantos. Tentam seduzir-me com promessas de estabilidade. Marinheira que sou, embalo-me com vozes de sereia, tendo só a infinitude oceânica nos olhos.

E vou. Atônita, sempre. Febril e trovejante por medo desses escuros abissais. Contudo, foram eles que me prepararam para o resignar das novidades impensadas. Eu vou, inebriada pelas naus que me embarcam sem que seja tomada pela racionalidade assassina.

Afinal, toda terra é digna de colheita. Com canções arquetípicas e coragens guardadas, neutralizo as águas tempestivas. Às vésperas de mim, vejo a sincrônica encruzilhada dos amanhãs. Cheia de saudade das minhas casas primeiras, das sensações recônditas, dos sonhos imaculados. Mas a saudade é o fardo de navegar.

Curso de idiomas em Júpiter

Ando à procura de um curso de idiomas em Júpiter. Minha linguagem, cá, parece-me obsoleta. Geralmente, aprendem-se línguas quando não as conhece. O meu caso é distinto. Sou uma aluna saturada da comunicação terráquea.

Não tenho pretensões ou anseios de parecer uma soberba e amargurada criatura. São apenas confissões de uma exígua ádvena caminhando pelo solo ininteligível das palavras. Sinto-me profundamente inadequada para tudo o que se diz comum entre as pessoas. Uma solidão indescritível de não pertencimento.

Tenho sonhado com essas tempestades vermelhas. Os ventos me recolhem para uma chuva ininterrupta de anéis. Enrodilhada, nada mais me é estranho ou desconexo. A comunhão com o astro sombrio, soberano, não é aleatória: necessito de uma aliança interplanetária.

Ando à procura de um curso de idiomas em Júpiter. A Terra deveria ser 300 vezes maior e mais doce para abrigar o meu espírito inquieto. Para tornar menos difícil essa sensação excludente que me dilacera e me envenena. Não consigo mais tolerar a violência com que se ri do sofrimento. A ilusória satisfação desértica que institui os fracassos com repúdio. O sardonismo tem me tornado violenta também, dá a mim o gosto por sangue entre os lábios e os dentes. O céu da minha boca só quer sonhar com quimeras silenciosas.

Busco, incansavelmente, por essas luas infinitas. Invento uma noite eterna que supra todos os seres prolixos e ruidosos. A claridade tem sido cúmplice dos dislates imundos que povoam a humanidade.

E, onde vou ter lições, deve haver uma aquiescência que transforme meu âmago alienígena. Um lugar cheio de tatuagens lunares não é capaz de comportar os desejos mesquinhos de sucesso. Porque as luas são muito misteriosas para se ocupar com as compreensíveis respostas. Nenhuma solução é passível de se confluir com a nudez.

Quem pensa em covardia ou descaso, engana-se. Há um inescapável cansaço que atravessa meus dizeres e desassossega minha permanência. Tenho distraído esse estrangeiro coração que só me implora que eu retorne. É imprescritível vivenciar o calor das semelhanças. Antes do Sol. Antes que a colonização paralise os arroubos de galáxia. A esperança sempre avista discos voadores.

Cortinas encarnadas

Nunca fiquei espantada com a transformação das pessoas. Parece-me até um movimento óbvio. O amor modifica, a convivência torna-nos realmente parecidos. Não é à toa que mulheres cúmplices derramam o sangue da vida na mesma semana.

John Lennon, pós-Yoko, virou japonês. A minha vizinha é exatamente igual ao seu *basset*: gorducha, ruiva, pelo curto. Manoel de Barros carrega o misticismo das abelhas. Minha mãe herdou a obsessão por refeições, que outrora foi vício da minha avó.

Eu sinto-me mais verde, desde que o amor nasceu nas minhas palavras. É quase instantâneo o movimento de fidelidade canina que me envolve. Estou mais doce, mais tenra. Meu espírito é celeuma de marinheiro, canto decorado com tatuagem. Óbvia me é esta ideia: as pessoas podem consagrar gélidas montanhas.

Entretanto, nunca ouvi falar em fagocitose de lugar. Nem nas leituras poéticas mais atentas, nem na nobreza acadêmica. E julgo ser uma descoberta só minha – e agora do planeta! Nós nos tornamos essencialmente parceiros dos sítios nos quais despendemos nossas horas. Como as paredes podem dizer de nós mesmos!

Essa epifania tola veio pelos devaneios solitários que vivo no trabalho. Como estão escancaradas as grandes descobertas, em pequenas algibeiras do sonhar! Como o espelho demonstra a irmandade silenciosa. Quanta burrice a minha, a de jamais ter-me dado conta desse fenômeno manifesto.

Para desanuviar as incógnitas, trabalho em um lindo cinema. Está situado no coração da Avenida Liberdade, aorta de Lisboa. Chego por volta das dez, quando nem os fantasmas estão de pé. Faço toda a burocracia, como se pelas mãos eu fosse a regente da renascente orquestra. Durante seis dias da semana sou capaz de ressuscitar uma sala digna de realeza.

Passo mais ou menos três horas sem ter ninguém para conversar. Encontro-me desprovida de clientes, de tarefas, de limites. Às vezes, invento mesmo: limpar a varanda, contar os cálices intactos, investigar qual máquina faz o melhor café...

O Cinema São Jorge é realmente digno de Cinema. Sala imensa, quase mil lugares. Iluminação com cheiro de saudade. O banheiro abriga um camarim. Tudo, absolutamente tudo me olha grande. Toda uma decadência gloriosa me habita, nesses instantes. Aquilo que foi, aquele glorioso passado! Eu me absorvo – porque o cinema já sou eu. Fico inerte pelas cortinas labirínticas da década de 1950. Será que há o poder de transfigurar o enredo? É possível ser eu o maestro das sinfonias imaginadas?

Sei que é muito mais difícil descrever do que sentir. Mas o compartilhar é meu objetivo maior nesta vida. E eu lhes digo: como nos parecemos com os lugares onde desenrolamos nossas horas!

Isto é aviso e é literatura. Não tenho intenção – apologia grotesca. Eu apenas estou a dissertar sobre obviedades do meu coração. Eu sei que me comporto, por osmose ou preguiça, exatamente igual ao lugar onde permaneço oito horas do meu dia. Eu sou quem abriga faxineiras que fingem trabalhar, embora não haja muito que ser limpo. Eu incorporo a tristeza, esse vazio fantasmagórico, essa solidão desmesurada. Eu, habitante do meu lugar, sinto as marcas, as nódoas. Estou manchada pela potencialidade que carrego.

Como é perigoso reter em nós os emudecidos líquidos! Se não existir uma consciência plena do que se é incorporado, a confluência vira realidade. Um pensamento estúpido é convidado a acampar em nossas divagações.

Desde que descobri esse gesto da minha alma, tomo muito cuidado. Enfeito o salão com vestidos de gala. Pinto as mesas com luvas de seda. Jogo paletós, chapéus e gravatas pela varanda. Uso com muita dificuldade toda a minha capacidade infantil de imaginar.

Em apenas um instante, todas as luzes estão acesas. Loto o balcão de doces castiçais. Os lustres só precisam de um sentimento vivo para acordar. Fico imensamente feliz: só os fenomenólogos são capazes de cavalgar impunemente pelos passados, alterando a sua antiga nitidez.

Alpendre da minha casa

A luminescência se faz tão transparente que até parece comigo. A minha casa é sempre uma janela de quem sou. Muitas vezes, criticada. Deveria tê-la construído de tijolos ou chumbo, como muitos alegam que são os materiais de suas carnes: – Para nada de mal penetrar! – retrucam grandes pavões protegidos. E suas cascas são de nozes, coitados. Melhor que a casa seja toda de vidro, pronta para a iminente demolição. Não há escudos perante enxurradas.

Onde eu moro habita também um velho. Possui aquela barba enorme de sabedoria e cabelos crespos que se confundem com ela. É todo cinzento, esse meu mentor. Paga seu aluguel com intensas vibrações de doçura, endereçadas a todos os que comigo vivem. Massageia-me as mãos, quando sinto o terrível cansaço de viver. Alivia as dores da minha alma com compressas quentes e embalsamadas pelo amortecimento. Porque a vida, muitas vezes, é um chão duro e espinhoso. Precisa de bons calçados para o caminho.

Embora sempre tivesse imaginado arduamente as escadas, minha morada é térrea. Não me faltam degraus de elevação, dentro da minha mente. Como pude demorar tanto tempo para perceber que nada de fora é capaz de injetar sentimentos?

Tenho uma edícula, entretanto. É meu escritório. Com imensas esquadrias, contornos em madeira. Deixo-as sempre abertas, embora existam cortinas que silenciam a chegada do dia. Ter a escrita como ganha-pão não traz a calmaria do horário comercial. Não obstante, escolho meu dia e a maneira de preencher minhas horas. Privilegiada de ver meus pequenos a crescer.

Mel tem oito anos e uma voracidade tão grande de conhecer o mundo que me assusta. Além do intercâmbio, terei de me despedir dela inúmeras vezes, pressuponho. É assim como o nome que lhe demos. A vaguidade, puxou ao pai. Por horas, conversa com fantasmas. Põe-lhes no divã, infinito e efêmero da infância. Convence-os a dizer adeus. A sua pureza sábia lembra-me a quietude dos cães. Ela é esguia e exibida. Tem os cabelos em caracóis, dourados. Olhos verdinhos. Um sorriso que nunca sai de sua face, rosada pelo Sol da santa praia que a escurece a cada fim de semana. Apesar de ser dona dos movimentos mais sutis, não carrega a meiguice das meninas vazias. Sua personalidade forte faz minha voz tremer, em nossos devaneios poéticos sobre o futuro da humanidade.

Meu menino está na casa dos três. Logo se vê a diligência que o envolve. Taciturno e perspicaz é o meu bebê. Leva jeito com os animais. Santo descalço sobre a dureza da terra. Sua bondade faz-me lembrar de tudo aquilo que quis e nunca consegui realizar. Seus ouvidos foram embebidos em tanto carinho, que ele é capaz de rasgar a vestimenta para dividir o calor. É um mago mínimo, o meu menino. E seu cheiro de masculinidade é tão forte que, por vezes, fico embaraçada com as visitas. Ele conquista todas as mulheres que passam por seu rastro. O mais engraçado é que as senhoras não se apercebem disso. Acreditam em suas paixões por ele. Homem feito, entrelaça-as uma a uma no coração, utilizando feitiços pensados minuciosamente. Elas creem na instantânea paixão. Sábio príncipe. E eu o observo, atenta como uma mãe deve ser. Por alguns segundos, com raiva da mesma fórmula a funcionar. Na maioria das vezes, eu o aplaudo, calada.

Vive em minha casa também um homem. Exala um perfume de cabelos molhados. Um jeito de falar um pouco rouco. Não tem a menor autoridade com as crianças. É impedido de ralhar toda vez que ensaia. Enche nosso lar de melodias e canções. Brinca no piano, quando a casa está em festa. Conta-nos mitologias ao jantar. Ensina álgebra com solos de violão. Embriaga, noite após noite, meu útero de estranhos rouxinóis. É astrônomo quando tem em mãos um caleidoscópio. Torna-se astronauta ao divagar sobre os projetos futuros. Ideologias e utopias clareiam seus papéis. No último Natal, trouxe de presente uma aurora boreal para o jardim. A brevidade permeia nossas escassas discussões. O crepúsculo, ao seu lado, é menos dolorido.

Na sala da bagunça, sótão meu, guardo uma coleção em meu baú. Pesos de papel, cachimbos, isqueiros.

E, acima de tudo, palavras bonitas que me fazem bem. Sem nenhuma reminiscência de significados etimológicos. Apenas as palavras, em papel-cartão. É até uma das nossas brincadeiras, vislumbrar cada sentido que pede uma nova abertura.

    Entre as esféricas portas, vedadas para desejos mais íntimos do sonhar, há o alpendre. Vertiginoso. Dotado da mais ampla simplicidade. Um unicórnio não se cansa de me visitar. Pássaros, coelhos, porquinhos-da-índia. Gatos surpreendem-me, com movimentos de neologismo. Os bichos circundam-me na minha pequena varanda. Eu os celebro em conjectura. Convexa, abobadada. Plácida de mim e da minha família. Inextricável. O labirinto frívolo dos pesadelos não cabe nesse anfiteatro aurífero. Estamos cobertos por lona de circo.

Anuência

Esqueço-me, por vezes, a inesgotável e inaudível beleza das tuas madrugadas. Silenciosas. Sinto-me envergonhada, Lisboa, por querer tanto de ti e tão pouco me doar. Insone, entorpecida, descabida... Não és tu, sou eu. Eu, este ser tão carente e tão solitário. Eu, repleta de perguntas que sempre voltam às mesmas interrogações inexistentes. Eu, analfabeta do âmago de minha alma.

Peço-te perdão por todo o meu desdém. És linda! Tens o enorme coração cravado na Praça do Comércio, que deixa a noite com esplendidez. E como o coração é grande, ele me inunda ao pé da Avenida Liberdade, principalmente com a vista inconfundível de meu novo trabalho, à margem da esplanada, no Cinema São Jorge. Há um rio, digno de aorta. Um imenso oceano capaz de levar os pensamentos além-mar. Deixa imensas saudades nos olhos, quando procuro verdadeiros amigos. Periféricas estrelas apontam o triste Cristo Rei, fruto do descuido e da confiança perdida. Um dia, foste permeada pela crença. Hoje há em ti a incômoda incerteza. Um não-poder-partilhar-segredos. Choro, junto contigo, quando há chuva. Sinto o teu vento a cortar-me sem piedade os lábios e o espírito intransigente.

Há dias em que acordo – ressoando as palavras de um amigo quase português – com tanto medo! A cama tem tentáculos. Firmes, rijos. Possuo uma estranha sensação. Gostaria de deixar minha raiz, colocar de lado minha nação – nação que com robustez idolatro. Cresci, ó cidade, rodeada por negros, pobres e anões. Nunca os diferenciei pela pele, *pedigree* ou altura. Não me peças para fazê-lo. Torno-me incapaz perante o preconceito que rompe. A minha boca é pouco para descrever minhas diaceradas pétalas. Cá sou cristal.

Entanto, pela incrível leveza dos diálogos aparentemente infrutíferos, percebo a soberania de escrever e de fazer terapia com as minhas letras. Agradeço a herança primordial – e tua. Ai, as lindas palavras de tua língua. Não estou à procura de teus cidadãos plangentes. Minha jornada é canhestra. Existe um eterno ribombo dentro dos meus sentimentos. Dona de bálsamos, unguentos e feridas. Mas dona, apenas eu e mais ninguém.

Não me *deites fora*. Digo isso para ouvir o conselho vindo de minha inteligência racional. Pude deitar-me fora em muitas ocasiões. Na lixeira propriamente dita, em diarreias incolores, nos braços frígidos de um homem sem paixão, nos copos do Bairro Alto.

Recôndita. Minha face está enfim liberta. Contorno. Sorrisos impronunciáveis. A descoberta da vinda! Asperamente estou a retirar o curativo. O sangue não está mais grudado no branco e gigantesco pano. O sangue calou-se. Não há renúncia da minha morada. Pinto em nanquim as esquadrias da percepção sublimada.

Adoro-te. Os paroxismos estancados, por fim. O latejar que revive apenas ouvidos atentos. As orelhas fartas das mesmas ladainhas. Ladainhas imaginadas pela minha pobreza de sentidos.

    Amanhã, quando o corpo estiver descansado, irei fazer uma visita enamorada de tua presença. Exaltarei as cores do Sol que só pertencem a ti. Como as janelas dispostas do sótão, aceitarei os raios azuis e amarelos. Posso sonhar ao teu lado. Recolher-me no frio de teus porões também, porque a vida é feita de uma suculenta umidade. O negrume da lama e o calor do nosso pacto. Enoveladas pela sagrada, esfuziante conversação íntima. Eu e tu, Lisboa, anuentes. Tu em mim. Alagas em saliva, fragmento após fragmento, as horríveis nódoas de minhas roucas cordas vocais. És-me um convite. Cerne meu. Órbita da missão. Nós duas, ambas inconclusas.

De cá

Em algum lugar, o amor

Eu andava atordoada, desde o momento em que me foi proposto: pense nos dois lugares que você mais ama em São Paulo. A pergunta ainda me parecia indissolúvel, dias depois de ter sido enfrentada. Não amo lugar algum em São Paulo.

Contudo, havia o desafio de conectar dois pontos da cidade, amados por outrem. Decidi começar pelo Theatro Municipal para finalizar meu trajeto na Praça do Pôr do Sol, ao lado de casa.

É curioso que havia estado no Municipal, na sexta anterior, para assistir à La Bohème, de Puccini. Em menos de uma semana eu reencontrava o lugar inevitável da infância, onde disse à minha mãe: "Isso aqui é mais bonito que o Natal". Sendo obviamente lindo, eu não amo o Municipal. Não amo lugar algum em São Paulo.

O Sol e a tarde nublam a beleza do teatro. À noite, os *smokings* e os xales escravizam o olhar. Perdemos, assim, os *crackeiros* e os mendigos. Esquecemos o cheiro incompreensível de existir.

Saí, rapidamente, com medo e desesperança. A mim, agora, o palco verdadeiramente se assemelha ao Natal. Peguei o República, rumo à Faria Lima.

Saí, fone nos ouvidos, ignorando a presença dos salvadores de culpas, que vendem, por 30 reais, o futuro de uma criança africana. Não, nem a África, nem os Médicos sem Fronteiras, fazem-me amar lugar algum em São Paulo.

Apanho o 875C com Cortázar na mão. A "Autoestrada do Sul" é um conto de fadas perto do caos que pincela a avenida de vermelho, buzina e monóxido de carbono.

Lotado, o ônibus não me permitia captar as personagens, históricas. Seguro a bolsa, a bunda, a dignidade. Quando, finalmente, consegui sentar-me, uma voz interrompeu minha linearidade. A velhinha distinta reclamava das passeatas que aconteciam por ali. E eu, quase deprimida, só tinha vontade de lhe dizer: não amo lugar algum em São Paulo.

Por que não amo lugar algum em São Paulo? Penso na Paulista do Gudin: "Se a avenida exilou seus casarões, quem reconstruiria nossas ilusões?" Quase faz frio por aqui. A Praça do Pôr do Sol, ainda bem, está repleta de nuvens. Jamais suportaria que minha investigação fosse interditada pelos abraçadores de árvores.

Cerveja na mão e baseado no maço, vejo a discrepância entre os lugares amados por meus colegas de literatura. No Alto de Pinheiros um casal se amassa entre os troncos. Ah, nostalgia do amor obrigatoriamente público! Uma menina sozinha bebe Gatorade. É careta, certeza. Vai-se embora. Outra ocupa seu lugar. Pede uma seda. Essa é espertinha, né? Não amo, mesmo, lugar algum em São Paulo.

A Praça do Pôr do Sol é ridícula. Há resquícios de fogueira. Um homem faz, em pseudossilêncio, aulas de Tai-Chi. O violeiro, estereótipo do hippie, toca Coldplay ao invés de Raul. Não há como amar lugar algum em São Paulo.

    Fico com medo. Sou mulher, estou de vestido, meia-calça, anoiteceu. Só desejo acabar essa crônica em casa. A salvo. Espero, uma vez mais, pelo transporte público. Todavia, quando o destino chega, o cigarro ainda está aceso. Vou dar mais cinco minutos, sentada aqui, exercendo meu jornalismo literário.

    E eis que surge um novo 875C. Entro, ainda chateada por não ter cumprido a tarefa de amar São Paulo. Olho para a cadeira vazia. Cadê o cobrador? Serei paciente? Causarei? Desconto nele meu desamor? Onde esse filho da puta se enfiou?

    Olho, novamente, para a frente do ônibus. Um cara alto, gato, brinca com duas menininhas que estão no vão. A mãe, quase anã, tira o elástico do cabelo. Escolhe o sorriso mais bonito como se escolhesse uma roupa, em noite de premiação. Só me restam duas estações. Ele mostra, orgulhoso, o crachá de cobrador. As crianças dão risada. A mãe faz topete com as mechas alisadas.

    O amor que eu tanto procurava não estava preso a lugar algum. "O homem e a hora são um só", já dizia o sábio Pessoa.

432 HZ

"Hoje preciso comprar a melatonina, com urgência". Ela, que ainda não havia dormido, levantou-se para praticar a meditação de todas as manhãs. Água a ferver, banho, café no coador. O jornal só depois de sentir a inclemência das gotas quentes a abrir os poros, exaustos de insônia.

"Pelo menos hoje é sexta-feira". Esse foi o seu único pensamento feliz, naquele alvorecer inóspito. Não havia desvãos para a sua incompletude, às seis e meia. Quaisquer afagos provenientes de exercícios de autoajuda seriam condenados pela sua condição, trêmula. Ah, a falta que existe em despertar sem ter adormecido. Somos seres tolhidos em quimeras, fatalmente.

Hoje seria o dia daquela reunião, ridícula, típica de meio de ano. O chefe apresentaria os *goals* corporativos. As pessoas fingiriam obedecer, num bizarro espetáculo lacaniano de não ditos. Uns já combinariam, *a priori*, a cerveja vagabunda e gelada das sete. Outros se refugiariam no pôr do sol ostentado pelas igrejas. Colegas passariam quase três horas e meia no vagão lotado até os fins de mundo particulares. Ela só pensava na farmácia, crepuscular.

Quando a noite finalmente chegou, pôde parar de fingir que ainda trabalhava. Era muito feio sair do escritório antes das oito, em seu cargo de liderança. Por mais que tivesse concluído a enorme lista de tarefas às quatro, ela compreendia o jogo robotizado: a permanência como estilo, conceito, lição. "Eu já sou quase profissional na paciência", ironizou, exercendo, uma vez mais, suas patéticas meditações positivas.

Saiu, melancólica, a pé. Fazia dez graus àquela altura. "Como amo esse tempo!" Podia ir à casa sem derramar uma gota de suor. O inverno, prematuro, era um milagre para o seu humor.

O comércio, no entanto, não reagia com a mesma gratidão à temperatura. Tudo estava fechado. Até a farmácia. Ela precisava dormir, de qualquer forma. "Vou à loja de vinhos, que está aberta até às nove. Devem ser os únicos, como eu, que deleitam-se com o frio inesperado de abril".

Era uma grande cliente desse sítio. Os vendedores a cumprimentavam, saciados. A sede da mulher era sempre de tempestades. Jamais compraria uma única garrafa.

O dono da loja a acompanhou nas escolhas. Era grisalho e alto. Talvez tenha sido bonito na juventude. Sua pele era rosada, típica de enólogos. Evidenciava que a dor possa ser convertida em álcool.

"Este vinho é M-A-R-A-V-I-L-H-O-S-O! Eu mesmo o trouxe da vinícola. Como a senhora é *habitué*, vou fazer um preço especial. E já separo seu queijo da Serra da Estrela, os cogumelos desidratados, um quilo e meio de azeitonas chilenas. Há algo que nos vai surpreender, hoje, querida?"

"Não suporto ser chamada de querida", interrompeu a longa e forçada contemplação que a acompanhara o dia todo. Além disso, ela se sentiu estúpida de ser tão previsível, para seres humanos que mal a conheciam. "Vou levar também esse chocolate do mar, belga, querido".

A devassidão daquele olé no grisalho, austero, a conectou à sintonia profunda com o Universo. Quase como navegar pelas poderosas ondas 432 Hz, sem precisar de música. O quão bom era ser superior àquela criatura? "Eu me amo e sou correspondida, otário. Namastê".

Precisaria realmente celebrar a evolução de consciência que finalmente se instalara, em sua reprogramação emocional. Todos aqueles meses de Yôga e mentalizações estavam surtindo efeito. "Já que não tenho a melatonina, tomo duas garrafas deste vinho e durmo 12 horas seguidas. Quebro meu ritual de sábado para atender às necessidades do corpo. A alma pode, enfim, esperar".

Ao chegar em casa, a mulher guardou as óbvias compras na geladeira. Lavou o decanter, há meses largado no armário maciço de madeira. O cheiro do abandono impregnava o cristal, adormecido desde a sua separação. "Tempo de ressignificar estes séculos de espera".

Após o jantar – uma sopa detox composta de agrião, linhaça, espinafre, quilos de gengibre, cenoura e inhame – ela pousou o queijo, divino, à table. Escolheu seu melhor cálice para abrir os buquês daquele elixir da natureza. O vinho era a última bebida que fazia parte de sua rigorosa dieta ortomolecular.

Antes de trazer à boca o primeiro gole, girou a taça, em círculos perfeitos, para emancipar todos os aromas. Apreciou, com calma, cada um deles: morango, gerânio, um toque de pimenta. Ah, como era bom saber-se conhecedora de vinhos!

Em contato com as papilas gustativas, algo se passou, de repente. Um gosto de infância a acometeu. Árvores, exauridas em jabuticabas, no quintal da casa da avó. Risadas dos primos ao redor do galinheiro. Os olhos gentis do caseiro à espera de que ela encontrasse os bilhetes deixados pelas fadas, entre as folhas de bananeira.

Pôs Chet Baker na vitrola para afugentar o recôndito gosto que se aflorava, ali, depois de 40 anos. Tomou dois copos de água com gás. Engoliu as memórias, banquete inesperado do cérebro.

O segundo cálice veio andrajo, vacilante. Sabia a mar e a meteoros, em noite de *réveillon*. Conjectura lívida, desprovida de anseios. Manteiga na pipoca, circo, mágicos conduzindo voos. Uma dor inescrupulosa desferiu-lhe os seios. A saudade se ofertava, menina.

Trocou o disco. Repetiu os mantras que apaziguavam as culpas. Meditou sobre o terceiro olho, onde reinava a intuição. Lembrou-se, em chakras e lágrimas gordas, que seu cachorro havia morrido. Um mês antes de estar separada, novamente.

Aquela garrafa de rótulo sóbrio, cores acinzentadas, proveniente de terras tão distantes, despertava cada uma de suas súplicas, naufragadas. Três casamentos, dois abortos, o avô vegetando na U.T.I. Era, sem dúvida, o melhor vinho que havia bebido em toda a sua existência.

A cada gole, uma tortura. Uma gota por imagem. Milímetro a milímetro, nostalgia iminente. A rolha, de cortiça, não era um aglomerado de outras rolhas. Única. Que rolha! Que rolha perfeita.

Antes de deitar a rolha natural no estranho compartimento, destinado ao passado dos porres, reviu a cena: sofá intacto, queijo pela metade, *goji berries* atrapalhando o caos. Pão orgânico, intocado, à mesa. "Talvez seja este o cerne da loucura", refletiu, inebriada. Desacontecer. "Um vinho sem testemunhas".

Imobiliária poética

À procura de inquilinos afetivos
Eu herdei esse apartamento quando minha tia-
-avó, a tia Helena, faleceu, no Natal de 2002. Ela era enfermeira do Hospital das Clínicas e a melhor pessoa do mundo. Morreu com 88 anos, sem filhos. Eu era a grande paixão da vida dela.
Lembro-me bem de como ela era capaz de pentear os meus cabelos como ninguém mais conseguia. Uma leveza nas mãos, que até os anjos invejavam. Guardava, no dia do seu aniversário, em cima da cama, todos os presentes e todos os bilhetes, incluindo os telegramas do banco, com igual carinho e bondade.

XL

Solidão é agradecer
Aos parabéns
Do Bradesco.

Fernando Portela *in Poemínimos*.

Na casa da tia Helena, morava também a Arlete, uma empregada completamente maluca, que possuía uma linguagem própria e um coração muito maior que os seus olhos arregalados. Eu tinha um pouco de medo, mas todo o meu medo sempre se misturava com o cheiro de mofo perfumado; com as duvidosas cores dos carpetes; com os sons insuportáveis do Chacrinha, das tevês sempre ligadas; com as balinhas vencidas e com o azul que desferia da íris, dos óculos enormes da tia Helena.

Às vezes, confesso, ficava com preguiça de ir visitá-la. Porque a tevê estava sempre ligada, a Arlete falava dialetos, a bala grudada ao papel. A tia Helena era a única, naquela casa, que me inundava de ternura. Generosidade irritante. E sempre eu ia, com a canalhice felina – escova em punhos – a ofertar-lhe meus fios.

Nos almoços, na casa dos meus pais, minha mãe fazia questão de comprar aqueles vinhos alemães, doces, vagabundos, garrafas azuis. E embriagava a tia Helena. Ela, no auge da sua doçura, em janeiro, proferia: "Daqui a pouco já é Natal!" Como era sábia, meu Deus! Outras vezes, completamente ébria, colocava o cálice dentro do potinho de sorvete. Todos nós ríamos e, por alguns segundos, sentia-me família.

Minha avó, sempre exibida, sempre mais gordinha, sempre imponente, jamais deixava que a tia Helena pudesse ser protagonista de nada. Mas cá dentro das minhas memórias afetivas, nas vísceras mais trôpegas dessas estúpidas ancestralidades, é ela quem me faz mais falta.

Quando fui morar no ap. da tia Helena, em 2011, várias epifanias abrigaram-me também. Era minha primeira morada em São Paulo, como adulta. Aquela região perfeita, que tem a padoca na esquina, o boteco, o japa, as infindas lojas de música. Cozinha psicodélica, com suas laranjas e espirais. Aos sábados, de ressaca, eu acordava com *jazz* – que o sebo oferece por perto. Se eu extrapolava nas festinhas, em casa, a janela imensa batia forte, e eu sabia que era a tia Helena me dando uma bronca doce, com piedade da minha loucura.

Ao me mudar de lá, em 2014, com sonhos de mangueira, cachorro e promessas de que o amor iria durar para sempre, meu coração sangrou um pouquinho.

Afinal, vivemos no apartamento da tia Helena toda a emancipação da poesia. Os *afters* dos saraus, os jantares que viravam manhãs, os amanheceres que davam nomes minhas personagens. Ultimatos, Caubys Peixotos, amnésias poéticas. Eu fui imensamente feliz naquele ninho.

E a tia Helena, nas profundezas da sua solidão, inúmeras vezes, convidava-me a entrar em contato com as minhas personagens, com a minha literatura, com a minha poesia. Ela dormia cedo e roncava altíssimo. E eu, já insone, habitava os devaneios mais puros de intimidade: solidões de cabana, à revelia de quaisquer subterfúgios.

Anotações sobre uma lírica intensa e filosofal

Silvana Guimarães

Primeira

Contos ou crônicas: prefiro chamar de histórias o conjunto de textos vertiginosos apresentados neste livro de Mariana Portela. Pequenas grandes histórias que contêm os elementos essenciais da narrativa: tempo, espaço, personagens e conflitos bem articulados. Embora divididas em seções, seu conteúdo demonstra certa predominância do assunto amor, especialmente, em seus encontros e desencontros [todo livro, de certo modo, é uma história de amor]: *"E o amor era uma crase"*. Construídas com um vocabulário rico e variado, em que algumas palavras parecem cheias de frescor de tão pouco usadas: *"A sabedoria é crudívora"*. Deliberada ou aparentemente confessionais: *"Com os olhos inchados de tamanha realidade, sinto-me pequena, frente àquilo que nós não vivemos. De todas as dores, essa, mais clichê, é a que mais dilacera uma alma bipolar: o lado que sonha"*. É assim que Mariana consegue *"revirar naufrágios"* [salvar afogados].

Segunda

Entre textos sombrios e ensolarados, entre o sentido e a razão, a autora revela-se explicitamente ou de forma implícita, propõe e desvenda enigmas. Em diálogos com interlocutores especiais [Fernando Pessoa, o mais fiel deles], onde se percebe um leve sotaque português [Mariana vive em Lisboa, lá *"Há um rio, digno de aorta"*], ela devasta os tormentos e dilemas cotidianos de todo escritor e desabafa amarguras, em um claro exercício de fôlego e solidão: "*O que a noite me ensinou sobre todas as coisas, pode ser traduzido na meditação desesperada dos silêncios. Esses instantes de exílio poético, em que as clausuras do amanhã não se sobrepõem às eternidades imaginadas*". Ao mesmo tempo, convoca o leitor a reviver passados, iluminar memórias, seguir ao seu lado, decifrando e arrebatando seus códigos linguísticos: "*E reitero, enfim: nunca se esqueçam da minha devoção às palavras. Pois aprendi que não se morre de amor; morre-se de cachaça. Quando ideias se tornam interiores, esqueço-as como moedas. Um dia, reencontro-me com elas, em lugares inusitados. A mim, sobram-me os caminhos, que perco tanto quanto canetas. Só que as canetas me fazem mais falta do que as estradas. As canetas são as avós do futuro*". É assim que Mariana usa a literatura como arma de sequestro.

Terceira

Do realismo puro e simples, textos apinhados de ricas imagens poéticas transitam pelo realismo fantástico e pela fantasia: *"Não há memória que atinja, em igual beleza, uma superfície perfumada, com firma reconhecida. E isso constitui o maior fardo e o maior dom que alguém pode carregar. Todas as verdades só existem antigamente, quando a coragem legitimou o delírio de uma assinatura"*. É dela a previsão certeira: *"Quando a arte nos atinge, não adianta mais tentar arrancar os brancos fios, enluarados. Há de se aceitar a ancestralidade libertária, como as árvores que assumem ser berço dos passarinhos"*. Nesses caminhos – escancarados ou secretos – a sua arte, por meio de tantas minúcias, revela-nos [e provoca-nos] reflexões, surpresas, perplexidades, angústias: *"Pincelamos as mesmas cores, mesmo quando possuímos mais tintas"*. Como um sol que incendeia o horizonte e nos concede o privilégio de ler muito mais do que está escrito. Ou responder às perguntas sem respostas de alguém que acredita – e nos convence de – que a vida é ficção. *"Aos deuses, aplausos. Fui abençoada com o fardo incurável das palavras"*. É assim que Mariana faz mágica.

Belo Horizonte, 25 de janeiro de 2018.

© 2018, Mariana Portela
Todos os direitos desta edição reservados à
Laranja Original Editora e Produtora Ltda.

www.laranjaoriginal.com.br

Edição
Filipe Moreau

Organização
Silvana Guimarães

Revisão
Lessandra Carvalho

Projeto gráfico e Capa
Thereza Almeida

Produção executiva
Gabriel Mayor

Dados Internacionais de Catalogação
na Publicação (CIP)
(Câmara Brasileira do Livro, SP, Brasil)

Portela, Mariana
Viver é fictício / Mariana Portela. -- 1. ed. --
São Paulo : Laranja Original, 2018.

ISBN 978-85-92875-30-5

1. Contos brasileiros 2. Crônicas brasileiras
3. Poesia brasileira I. Título.

| 18-13418 | CDD-869 |

Índices para catálogo sistemático:
1. Literatura brasileira 869

www.mizebeb.wordpress.com
mizebeb@gmail.com

Fontes Berthold Akzidenz Grotesk e Freight
Papel Pólen Bold 90g
Impressão Gráfica Forma Certa
Tiragem 300 exemplares